东篱采菊

陶渊明作品聆听与欣赏

丛书主编◎朱建纲

朗　诵◎野　墨

编　著◎黄金萍

湖南电子音像出版社
Hunan Electronic And Audio-visual Publishing House

图书在版编目(CIP)数据

东篱采菊：陶渊明作品聆听与欣赏 / 朱建纲主编；黄金萍编著. —长沙：湖南电子音像出版社，2017. 11

ISBN 978 - 7 - 83004 - 326 - 1

Ⅰ.①东… Ⅱ.①朱… ②黄… Ⅲ.①陶渊明(365或372或376—427) -文学欣赏 Ⅳ. ①I206. 2

中国版本图书馆 CIP 数据核字(2017)第 214484 号

东篱采菊——陶渊明作品聆听与欣赏

DONGLI CAIJU　TAO YUANMING ZUOPIN LINGTING YU XINSHANG

黄金萍 / 编著

丛书主编：朱建纲
出 版 人：杨　林
朗　　诵：野　墨
责任编辑：荀　娟
技术编辑：王　枢
书籍设计：肖睿子

发　行　湖南省新华书店经销
印　刷　长沙超峰印刷有限公司
版　次　2017 年 11 月第 1 版
印　次　2018 年 5 月第 1 次印刷
书　号　ISBN 978 - 7 - 83004 - 326 - 1
开　本　787mm×1092mm　1/32
字　数　125,000
印　张　8. 75
定　价　36.00 元

陶渊明

作者简介 ———————— （365 或 372 或 376—427）

陶渊明，一名潜，字元亮，世称靖节先生，别号五柳先生，浔阳柴桑（今江西九江市西南）人，东晋诗人。他出生在一个没落的官僚家庭，曾祖父陶侃为东晋大司马，祖父陶茂为武昌太守。陶渊明父亲也曾出仕，但生性淡泊，于仕途并不热衷。

陶渊明 8 岁时，父亲病逝，因而少年时生活贫困。但他自幼受到较好的教育，“修习儒家经典，爱闲静，念善事，抱孤念，爱丘山，有猛志，不同流俗。”（萧统《陶渊明传》）《荣木》序曰：“总角闻道”，《饮酒》（其十六）说：“少年罕人事，游好在六经”。陶渊明虽自幼修习儒家经典，但他也受到道家思想的熏陶，很早就喜欢自然：“少无适俗韵，性本爱丘山。”（《归园田居》其一）又爱琴书：“少学琴书，偶爱闲静，开卷有得，便欣然忘食。”（《与子俨等疏》）他的身上，同时具有道家和儒家两种修养。

20 岁时，陶渊明开始了他的游宦生涯，以谋生路。《饮酒》（其十）说："在昔曾远游，直至东海隅。道路迥且长，风波阻中涂。此行谁使然，似为饥所驱。倾身营一饱，少许便有余。恐此非名计，息驾归闲居"即是回忆他的游宦生涯。在此阶段他为生活所迫出任低级官吏的详情已不可考。从晋孝武帝太元十八年（393）起，陶渊明 5 次做官，但每次时间都不长，先后任江州（今江西九江市）祭酒、桓玄幕府僚佐、镇军将军刘裕幕府的参军、建威将军刘敬宣幕府的参军和彭泽（今江西湖口县东）令，最后一次仅仅 81 天。时官时隐的生活总共只有 13 年，最后在晋安帝义熙元年（405）十一月陶渊明辞官归田。

陶渊明归田之初，温饱无忧，还有较多的余闲时间。没过几年，义熙四年（408）六月，他家遭遇火灾。后来他的家乡又成了农民起义军与官军激战的战场，生活开始变得艰难，身体也渐渐衰弱。不过，他仍然坚守耕种的"常业"，结交共话桑麻的农民和赏文赋诗的文人，写下了不少著名的诗篇。

陶渊明在我国诗歌发展史上，堪称第一位田园诗人。陶渊明的田园诗数量最多，成就最高。他以恬淡洒脱的笔触，为读者绘制了一幅幅优美静谧的田园风光图画，东篱南山、青松奇园、秋菊佳色、日夕飞鸟、犬吠深巷、鸡鸣树巅，再伴以主人公那种隔绝尘世、耽于诗酒的情愫，它所构筑的艺术境界十分高远幽邃、空灵安谧。

这类诗充分表现了诗人守志不阿的高尚节操；对淳朴田园生活的热爱，对劳动的认识和对劳动人民的友好感情；以及对理想世界的追求和向往。因为有实际劳动经验，所以在他的田园诗中洋溢着劳动者的喜悦，表现出只有劳动者才能感受到的思想感情，如《归园田居》《移居》《饮酒》等。这样的思想感情，这样的内容，在门阀制度森严的社会里显得特别可贵。

陶渊明的田园诗中也有一些是反映自己晚年困顿状况的，如《乞食》《有会而作》《怨诗楚调示庞主簿邓治中》等，种种贫寒之状，非亲历者不能写出，使读者看到了陶渊明躬耕生活的另一面，体会下层人民的生活艰难。

不过，细心的读者也会体察到陶渊明在诗中所流露的那种不得已才退居田园、饮酒赋诗，而实际却未忘怀现实、满腹忧愤的心情，如《咏贫士》组诗，《拟古》组诗等。

除了大量反映田园生活和隐逸情怀的诗作之外，陶渊明晚年还写了一些寄托自己“猛志”的作品和酬唱之作，如《咏荆轲》《赠羊长史》等。另外，陶渊明的散文和辞赋，水平不下于他的诗歌。特别是《五柳先生传》《桃花源记》和《归去来兮辞》，这三篇最见其性情和思想，也最著名。他的晚年，生活愈加贫困，以致有时不免上门乞贷。在尝尽了人生艰难之后，陶渊明于63岁去世。

今存陶渊明诗歌120多首，以质朴自然、清简平淡为主要风格。他的诗歌以功力造平淡，于精练处见自然。虽然他经常使用“田家语”，却显示出相当浓郁的风采韵味。此外，他还著有辞赋、韵文和散文共12篇。陶渊明在当时并不受文坛重视，直至北宋时，地位才越来越高，被视为“田园诗派”的开创者。

陶渊明善于以白描及写意手法勾勒景物、点染环境，意境高远又富含理趣。语言精工本色，朴素真率，笔调疏淡，风韵深厚。但陶诗并非只有飘逸悠然、自然恬淡一种风格，也有如金刚怒目般的慷慨豪放，如《咏荆轲》《读山海经》的“精卫衔微木”等。陶诗还善于将寄兴和自然美融为一体。他笔下的景物既是有象征意义的意中之景，又是生活中的实有之景。如《拟古》（其七）“日暮天无云”中所写“云间月”“叶中华”，便既是月夜春景，又是对人生最美好短暂时光的比喻。陶渊明笔下的景物往往被人格化，如青松、芳菊、归鸟、孤云，都是日常生活中常见的景物，也是诗人高洁性格的象征。

陶渊明是我国中古时代的大思想家。他的文学思想是魏晋南北朝文学思想的重要组成部分。他对“真”的理解，既注重历史与生活的真实，更注重思想情感和襟怀抱负的真实，是较完美的艺术真实。同时，他对自然的理解也表现出其文学思想的独特性。他不言教化、不事雕琢，注重情感的自由抒发，注重诗文的自然天成，这是一种非常高的境界。然而，无论是提倡艺术真实，还是推崇文学的自然，都是为了酣畅淋离地表现人生。这是陶渊明文学思想的灵魂。

陶渊明对社会人事的虚伪黑暗有极清醒的认识，因而他的隐逸不是消极地逃避现实，而是具有深刻批判社会现实的积极意义。当漫长的隐居生活中陷入饥寒交迫的困境时，他尽管也彷徨过、动摇过，但最终还是没有向现实屈服，宁固穷终生也要坚守清节。据说郡官派督邮来见他，县吏就叫他穿戴衣冠迎接。他叹息说："我岂能为五斗米，向乡里小儿折腰!"从此，不为"五斗米"折腰传为佳谈。陶渊明喜欢喝酒，"寄酒为迹"抒发自己不愿和腐朽的统治集团同流合污的心愿，表现出诗人恬淡旷远的襟怀、孤傲高洁的品格。也正是因为如此，他的作品才虽平淡质朴却诗意盎然。

陶渊明诗文共140多篇，引用《列子》《庄子》典故达70次之多，不能不说对庄子思想接受甚深。陶渊明崇尚庄子的自然美学观，同时又是生活劳动在田园之中，很自然地，田园生活便成了他的审美对象，也因此成就了中国田园诗歌的辉煌。陶渊明以自然为美、以真为美的审美思想，闪耀在诗情上，便是照亮了人物个性，使读者强烈感受到诗人傲岸不屈、追求自由的人格魅力；体现在内容上，则是把田园生活引进诗坛，为中国诗歌的发展开辟了一片新天地；渗透在艺术上，则是产生了真朴淡远的艺术境界和恬淡自然的美学风格，这就是伟大的诗人陶渊明。千百年来，他的品格，他的诗歌，他的田园，连同他的那份悠然，一并成为后世诗人与读者崇拜和研究的对象，就足以说明他美学思想的无尽生命力。

野墨

本名李野墨，中央电视台中国电视剧制作中心导演。

1977 年至 1980 年在中国人民解放军广州军区话剧团任演员，1985 年毕业于北京广播学院电视系导演专业。1980 年起为电影、电视剧人物配音，并为故事片、纪录片、专题片录制旁白，迄今为止已录制过数以千计的语言作品；参与拍摄各种题材和风格的电视剧、专题片 50 余部（集）；多次在广播电台、电视台播讲小说、诗歌、散文等，其中《新星》《平凡的世界》《白鹿原》《静静的顿河》等作品深受广大听众喜爱，播讲作品多次荣获中国广播文艺奖（政府奖）、中央人民广播电台文艺类奖项、中国小说连播研究会奖项。1991 年荣获“全国听众喜爱的演播艺术家”称号。

目 录

01. 桃花源记（并诗）

晋太元中，武陵[①]人捕鱼为业。缘溪行，忘路之远近。忽逢桃花林，夹岸数百步，中无杂树，芳草鲜美，落英[②]缤纷。渔人甚异之。复前行，欲穷其林。

林尽水源，便得一山。山有小口，仿佛若有光。便舍船，从口入。初极狭，才通人。复行数十步，豁然开朗。土地平旷，屋舍俨然[③]，有良田美池桑竹之属[④]。阡陌交通，鸡犬相闻。其中往来种作，男女衣着，悉如外人。黄发垂髫[⑤]，并怡然自乐。

见渔人，乃大惊，问所从来，具答之。便要[⑥]还家，设酒杀鸡作食。村中闻有此人，咸[⑦]来问讯。自云先世避秦时乱，率妻子邑人[⑧]来此绝境，不复出焉，遂与外人间隔。问今是何世，乃不知有汉，无论魏晋。此人一一为具言所闻，皆叹惋。余人各复延[⑨]至其家，皆出酒食。停数日，辞去。此中人语云："不足为外人道也。"

既出，得其船，便扶向路[10]，处处志[11]之。及郡下，诣太守[12]，说如此。太守即遣人随其往，寻向所志，遂迷，不复得路。

南阳[13]刘子骥，高尚士也，闻之，欣然规[14]往。未果，寻病终。后遂无问津者。

嬴氏乱天纪[15]，贤者避其世。
黄绮[16]之商山，伊人亦云逝[17]。
往迹浸复湮[18]，来径遂芜废。
相命肆农耕[19]，日入从所憩。
桑竹垂余荫，菽稷随时艺[20]。
春蚕收长丝，秋熟靡[21]王税。
荒路暧交通，鸡犬互鸣吠。
俎豆[22]犹古法，衣裳无新制。
童孺纵行歌，班白欢游诣[23]。
草荣识节和[24]，木衰知风厉[25]。
虽无纪历志[26]，四时自成岁。
怡然有余乐，于何劳智慧！
奇踪隐五百，一朝敞[27]神界。

淳薄[28]既异源，旋[29]复还幽蔽。
借问游方士[30]，焉测尘嚣外[31]？
愿言蹑清风[32]，高举寻吾契[33]。

---

①武陵：郡名，今湖南常德一带。

②落英：落花。

③俨然：整齐的样子。

④属：类。

⑤黄发：指老年人。人老头发由白转黄。垂髫（tiáo）：指幼童。髫，头发下垂。

⑥要（yāo）：通“邀”，邀请。

⑦咸：都。

⑧邑人：同乡人。

⑨延：邀请。

⑩扶：沿着。向路：从前进来的路。

⑪志：标记。

⑫诣：往见。太守：指郡的行政长官。

⑬南阳：今河南南阳市。

⑭规：计划。

⑮嬴氏：指秦始皇嬴政。天纪：日月星辰历数，这里指当时社会正常的政治秩序。

⑯黄绮：秦始皇时的夏黄公、绮里季。他们与东园公、甪（lù）里先生四人为避秦乱，隐居商山（今陕西商州），被称为“商山四皓”。

⑰伊人：他或他们，指桃花源中人。云：助词，没有实际意义。逝：去，隐居。

⑱浸复湮：逐渐湮没。

⑲相命：相互招呼的意思。肆：致力。

⑳菽：豆类。稷：高粱。艺：种植。

㉑靡：无。

㉒俎（zǔ）豆：古代祭祀时盛食品的两种器具，这里指祭祀仪式。

㉓班：通“斑”。游诣：游玩。

㉔节和：节气暖和，指春天。

㉕风厉：指秋天。厉，紧急。

㉖纪历志：岁时的记载。

㉗敞：敞开。

㉘淳薄：指桃花源风俗淳厚，外界风俗浇薄，二者截然不同。

㉙旋：立即。

㉚游方士：游于现实社会的世俗之士。古时道家称现实社会为“方内”，世外仙境为“方外”。

㉛尘嚣外：指世外桃源。

㉜言：助词，没有实际意义。蹑清风：乘清风。

㉝吾契：同我志趣相合的人和环境。

扫一扫，静静聆听

东晋太元年间，有个武陵人靠捕鱼为生。（一天渔人）沿着小溪划船，往前行，忘记了路程多远。忽然遇到一片桃花林，长在溪水两岸几百步以内，中间没有别的树木，花和草鲜嫩美丽，地上的落花繁多。渔人对此感到非常惊异。（渔人）又向前划去，想走到那片林子的尽头。

桃花林在溪水发源的地方没有了，（在那里）便看到一座山，山边有个小洞，隐隐约约好像有光亮。渔人就弃船上岸，从小洞口进入。起初洞口很狭窄，仅能容一个人通过。渔人又向前走了几十步，一下子变得开阔敞亮了。只见土地平坦宽阔，房屋整整齐齐，有肥沃的土地，美好的池塘，桑树竹林之类。田间小路交错相通，到处能听到鸡鸣狗叫的声音。村里面，来来往往的行人，耕种劳作的人，男男女女的衣着装束完全像桃花源外的世人。老人和小孩都高高兴兴，自得其乐。

（桃花源的人）一见渔人，竟然大为惊奇，问他是从哪里来的。（渔人）细致详尽地回答了他们，（人们）就把渔人请到自己家里，摆酒杀鸡做饭款待他。村里人听说来了这么一个客人，都来打听消息。（他们）说自己的祖先（为了）躲避秦时的战乱，率领妻子儿女和同乡人来到这个与外界隔绝的地方，不再出去，于是就同外界的人隔绝了。他们问（渔人）现在是什么朝代，（他们）竟然不知道有汉朝，更不必说魏朝和晋朝了。渔人一一给（桃花源中的人）详细地诉说他知道的事情，（他们）听了都很惊叹惋惜。其余的人又各自邀请渔人到他们家里，都拿出酒菜饭食来款待他。渔人居住了几天，告辞离开。这里面的人告诉他说："（这里的情况）不值得对外界的人说啊！"

（渔人）出来后，找到了他的船，就沿着先前的路回去，（一路上）处处标上记号。渔人到了武陵郡，便去拜见太守，把这些情况做了禀报。太守立即派人随同他前往，寻找先前所做的记号，结果迷了路，再也找不到通向桃花源的路了。

南阳有个刘子骥，是位清高的隐士，听到这个消息，兴致勃勃地打算前往桃花源。没有实现，不久就病死了。此后就不再有探访的人了。

秦始皇嬴政打乱天下的纲纪，贤人纷纷避世隐居。

黄绮等人隐居商山，桃花源中人也隐居避世。

进入桃花源的踪迹逐渐湮没，入桃花源之路于是荒芜废弃。

桃花源人互相勉励督促致力农耕，日出而作日落而息。

桑树竹林垂下浓荫，豆谷类随着季节种植。

春天收取蚕丝，秋天收获了却不用交赋税。

荒草阻隔了与外界的交通，鸡和狗互相鸣叫。

祭祀还是沿用先秦的礼法，衣服没有新的款式。

儿童纵情随意地唱着歌，老人欢快地游玩。

草木茂盛使人认识到天气暖和，春天来临；树木凋谢使人知道寒风猛烈，秋季相随。

虽然没有记载岁时的历书，但四季自然转换，周而成岁。

生活怡然自乐，还有什么用得着操心？

桃花源的奇迹隐匿了五百多年，今日却向世人敞开神仙般的境界。

风俗淳厚和外界的人情淡薄本源不同，一时显露的桃花源又深深地隐藏起来了。

试问世俗之士，又怎么能知道尘世之外的事？

我愿乘着清风，高高飞去，寻找与我志趣相投的人。

赏析

陶渊明在《桃花源记（并诗）》中，记叙一仙境故事，此仙境乃渔人偶然发现，且不可再觅，所谓“一朝敞神界”“旋复还幽蔽”。但桃花源与一般仙境故事不同之处在于：其中之人并非不死之神仙，亦无特异之处，而是普通人，因避秦时乱而来此仙境，遂与世人隔绝。此中人衣着、习俗、耕作，亦与桃花源外无异，而其淳厚古朴、自由安乐又远胜于现实世界。

联系陶渊明所处时代，正是晋宋易代之际，东晋王朝极端腐败，对外一味投降，安于江左一隅之地。统治集团生活荒淫，内部互相倾轧，军阀连年混战，赋税徭役繁重，加深了对人民的剥削和压榨。年轻时的陶渊明本有“大济苍生”之志，可是，在国家濒临崩溃的动乱岁月里，陶渊明的一腔抱负根本无法实现。同时，东晋王朝承袭旧制，实行门阀制度，保护高门士族贵族官僚的特权，致使寒门出身的知识分子没有施展才能的机会。像陶渊明这样一个祖父辈仅做过一任太守、家境早已败落的寒门之士，当然就“壮志难酬”了。加之他性格耿直，清明廉正，不愿卑躬屈膝攀附权贵，因而和污浊黑暗的现实社会产生了尖锐的矛盾。义熙元年（405），他仓促而坚决地辞去了上任仅 81 天的彭泽县令，与统治者最后决裂，长期隐居田园，躬耕僻野。

他虽“心远地自偏”，但“猛志固常在”，仍旧关心国家政事。元熙二年（420）六月，刘裕废晋恭帝为零陵王，改年号为“永初”。次年，刘裕采取阴谋手段，用毒酒杀害晋恭帝。这些不能不激起陶渊明思想的波澜。他从固有的儒家观念出发，产生了对刘裕政权的不满，加深了对现实社会的憎恨。但他无法改变、也不愿干预这种现状，只好借助创作来抒写情怀，塑造了一个与污浊黑暗社会相对立的美好境界，以寄托自己的政治理想与美好情趣。

《桃花源记（并诗）》就是在这样的背景下产生的，描写了一个和平、宁静、平等、安乐、淳朴的理想社会，表达了诗人对现实社会的不满和对理想社会的憧憬，发出了人民的心声。虽然这只不过是一个“空中楼阁”，有一定的局限，但在当时来说已是难能可贵了。

《桃花源记》之所以千古流传，还在于它强烈的艺术魅力。首先，它虽是虚拟，却用纪实手法，似虚似实，亦真亦假。真实的一面写得如在眼前，伸手可及；虚幻的一面写得空灵飘忽，无迹可寻。其次，语言精练准确，显现了朴素自然的风格。写桃花源的景象，用的是白描手法，仅百余字就勾画出了一幅动人场景，而且层层深入，次序井然，遣词用语恰到好处，使人感到淳朴浑厚、诗意盎然。

游斜川[1]（并序）

［晋］陶渊明

辛丑[2]正月五日，天气澄和[3]，风物闲美[4]，与二三邻曲[5]，同游斜川。临长流[6]，望曾城[7]，鲂[8]鲤跃鳞于将夕，水鸥乘和[9]以翻飞。彼南阜[10]者，名实旧矣[11]，不复乃为嗟叹。若夫曾城，傍无依接[12]，独秀中皋[13]，遥想灵山[14]，有爱嘉名[15]。欣对不足[16]，率共[17]赋诗。悲日月之遂往，悼吾年之不留。各疏年纪乡里[18]，以记其时日。

开岁倏五日[19]，吾生行归休[20]。
念之动中怀[21]，及辰为兹游[22]。
气和天惟澄[23]，班坐依远流[24]。
弱湍驰文舫[25]，闲谷矫鸣鸥[26]。

迥泽散游目[27]，缅然睇曾丘[28]。

虽微九重秀[29]，顾瞻无匹俦[30]。

提壶接宾侣[31]，引满更献酬[32]。

未知从今去，当复如此不?

中觞纵遥情[33]，忘彼千载忧。

且极今朝乐，明日非所求。

---

①斜川：地名，位置不详，当在诗人所居南村附近。据骆庭芝《斜川辨》，斜川当在今江西都昌附近湖泊中。

②辛丑：一本“丑”作“酉”。据逯钦立考证，辛酉是“正月五日”的干支。

③澄和：清朗和暖。

④风物：风光，景物。闲美：闲静优美。

⑤邻曲：邻居。

⑥长流：长长的流水。

⑦曾城：山名。曾通“层”。一名江南岭，又名天子鄣，据说上有落星寺，在庐山北。

⑧鲂（fáng）：鱼名。

⑨和：和风。

⑩南阜：南山，指庐山。

⑪名实旧矣：旧与新对应，有熟悉之意。这句意思是说，庐山的美名和美景，我久已熟悉了。

⑫傍无依接：形容曾城高耸独立，无所依傍。

⑬独秀中皋（gāo）：秀丽挺拔地独立在泽中高地。皋，近水处的高地。晋代慧远大师《庐山诸道人游石门诗序》说：鄣山“基连大岭，体绝众阜，此虽庐山之一隅，实斯地之奇观”。

⑭灵山：指昆仑山最高处的曾城，又叫层城。古代神话传说，昆仑山为西王母及诸神仙所居，故曰灵山。《水经注》载：“昆仑之山三级：下曰樊桐，一名板桐；二曰玄圃，一名阆风；上曰层城，一名天庭，是谓太帝之居。”所以，灵山又称层城九重。这是诗人游斜川时，由目前所见之曾城，而联想到神仙所居的昆仑曾城，故曰“遥想灵山”。

⑮嘉名：美名。眼前之曾城与神仙所居之曾城同名，因爱彼而及此，故曰“有爱嘉名”。

⑯欣对不足：意思是说，高兴地面对曾城山赏景，尚不足以尽兴。

⑰率共：这里作“即兴”解。

⑱疏：有条理地分别记载。乡里：指籍贯。

⑲开岁：指岁首。一年开始，即元旦。倏（shū）：忽然，极快。

⑳行：即将，将要。休：生命休止，指死亡。

㉑动中怀：内心激荡不安。

㉒及辰：及时，趁着好日子。兹游：这次游赏，指斜川之游。

㉓气和：天气和暖。天惟澄：天空清朗。

㉔班坐：依次列坐。依：依傍，顺着。远流：长长的流水。

㉕弱湍：舒缓的水流。驰：快速游动。文鲂：有花纹的鲂鱼。

㉖闲谷：空谷。矫：高飞。鸣鸥：鸣叫着的水鸥。

㉗迥（jiǒng）泽：广阔的湖水。迥，远。散游目：纵目远望，随意观赏。

㉘缅然：沉思的样子。睇（dì）：流盼。曾丘：即曾城。

㉙微：无；不如。九重：指昆仑山的曾城九重。秀：秀丽。

㉚顾瞻：瞻前顾后，放眼四周。匹俦：匹敌，同类。

㉛壶：指酒壶。接：接待。

㉜引满：斟酒满杯。更：更替，轮番。献酬：互相劝酒。

㉝中觞（shāng）：饮酒至半。纵遥情：放开超然世外的情怀。

赏析

本篇和《桃花源记》对比，两者均为记游之作，都采用了“序+诗”的形式，在诗文中，均描绘了游历所见，抒发感怀，情景交融。

不同之处在于，两者一实一虚，《桃花源记》是想象之作，虚构了一个和平、宁静、平等、安乐、淳朴的理想社会，表达了诗人对现实社会的不满和对理想社会的憧憬，而此诗真实记录了诗人刚入半百之年的一时心态。

开头四句写出游的缘由。随着新岁来临，诗人已进入五十之年。古人说，“人上寿百岁”，由此常引出人们“生年不满百”的慨叹。五十一到，离回归空无、生命休止的时候也不很远，于是，在初五那清朗和暖的良辰，他开始了这次出游。

次节“气和天惟澄”以下八句，充分就“游”字着笔。在一碧如洗的天幕下，游侣们分布而坐。山水景物，一一呈献在眼前：近处是微流中的彩色鱼儿在嬉游，远处是空谷中鸣叫着的鸥鸟在高飞。空中、水底无处不洋溢着生机，这其中自然也含着他的欣喜和向往。

第三节“提壶接宾侣”四句，写出好景诱人，邻里欢饮，使诗人不禁兴起“未知从今去，当复如此不”的感念。这是对人生、对美好事物无限热爱和执着的人自然会产生的想法，诗人把人们心中所有的感念，以朴素自然的语言吐露了出来。

结尾四句，写出酒至半酣，意适情遥的境界。诗人以高昂的意气唱出“忘彼千载忧”，可见他的人生观是超脱的。他又说：“且极今朝乐，明日非所求”，这是本有旷达胸怀，又加以“中觞纵遥情”的诗人所发出的对良辰、美景、佳侣、胜游的热情赞叹，和“今朝有酒今朝醉，明日愁来明日愁”的颓废之歌是迥然异趣的。

02. 归去来[1]兮辞（并序）

余家贫，耕植不足以自给。幼稚盈室，瓶[2]无储粟，生生所资[3]，未见其术[4]。亲故多劝余为长吏[5]，脱然有怀[6]，求之靡途[7]。会有四方之事[8]，诸侯以惠爱为德[9]，家叔以余贫苦，遂见用于小邑[10]。于时风波[11]未静，心惮远役[12]，彭泽去家百里，公田之利，足以为酒，故便求之。及少日[13]，眷然[14]有归欤之情。何则？质性[15]自然，非矫厉[16]所得。饥冻虽切，违己交病[17]。尝从人事[18]，皆口腹自役[19]。于是怅然慷慨，深愧平生之志。犹望一稔[20]，当敛裳宵逝。寻[21]程氏妹丧于武昌，情在骏奔，自免去职。仲秋至冬，在官八十余日。因事顺心，命篇曰《归去来兮》，乙巳岁[22]十一月也。

归去来兮，田园将芜胡[23]不归？既自以心为形役[24]，奚惆怅而独悲？悟已往之不谏[25]，知来者之可追[26]。实迷途其未远，觉今是而昨非。

舟遥遥以轻飏，风飘飘而吹衣。问征夫[27]以前路，恨晨光之熹微[28]。乃瞻衡宇[29]，载欣载奔。僮仆欢迎，稚子候门。三径[30]就荒，松菊犹存。携幼入室，有酒盈樽。引壶觞以自酌，眄庭柯以怡颜[31]。倚南窗以寄傲[32]，审容膝之易安[33]。园日涉[34]以成趣，门虽设而常关。策扶老以流憩[35]，时矫首[36]而遐观。云无心以出岫[37]，鸟倦飞而知还。景翳翳以将入[38]，抚孤松而盘桓。

归去来兮，请息交以绝游。世与我而相违，复驾言[39]兮焉求？悦亲戚之情话，乐琴书以消忧。农人告余以春及，将有事于西畴[40]。或命巾车[41]，或棹孤舟。既窈窕[42]以寻壑，亦崎岖而经丘。木欣欣以向荣，泉涓涓而始流。善[43]万物之得时，感吾生之行休[44]。

已矣乎[45]！寓形宇内[46]复几时？曷不委心[47]任去留？胡为乎遑遑欲何之[48]？富贵非吾愿，帝乡[49]不可期。怀[50]良辰以孤往，或植杖而耘耔[51]。登东皋[52]以舒啸，临清流而赋诗。聊乘化以归尽[53]，乐夫天命复奚疑[54]？

①归去来：归去的意思。来，助词，没有实际意义。

②瓶：盛粮食的小坛子。

③生生：维持生计。前一个“生”作动词用。资：凭借。

④术：办法。

⑤长吏：指小县的县令，这里泛指官职。

⑥脱然：轻快的样子。有怀：有了念头。

⑦靡途：没有门路。

⑧会：正值。四方之事：指当时发生的战事。

⑨诸侯：指地方势力。惠爱：指对人才的爱惜。

⑩见：被。小邑：指彭泽县令。

⑪风波：指当时地方军阀之间的战争。

⑫远役：远离家乡服役。

⑬少日：不多的日子。

⑭眷然：怀恋的样子。

⑮质性：本性。

⑯矫厉：指勉强去做。矫，矫正。厉，磨炼。

⑰交：俱。病：这里指痛苦。

⑱人事：指做官。

⑲口腹自役：为了吃饱肚子而驱使自己。

⑳一稔（rěn）：指收获一次庄稼。稔，谷物成熟。

㉑寻：不久。

㉒乙巳岁：晋安帝义熙元年（405）。

㉓胡：为什么。

㉔心为形役：心志被形体驱使，即上文“口腹自役”的意思。

㉕谏：劝止，如同说“挽回”。

㉖追：挽回，弥补。

㉗征夫：行人。

㉘熹微：光线微弱的样子。

㉙衡宇：简陋的房屋。衡，通“横”，衡门，横门，横木为门。宇，屋檐。

㉚三径：院子里的小路。

㉛眄（miǎn）：斜视。庭柯：院子里的树。柯，树枝。

㉜寄傲：寄托傲世之情。

㉝审：深知。容膝：指住房狭小。易安：容易感到安适。

㉞涉：走。

㉟策：拄着。扶老：手杖。流憩：游息。

㊱矫首：抬头。

㊲岫（xiù）：山洞，这里代指山。

㊳景：日光。翳（yì）翳：光线暗淡的样子。

㊴驾言：指驾车出游。言，助词，没有实际意义。

㊵畴（chóu）：已经耕作的田地。

㊶巾车：有篷盖的车。

㊷窈窕：幽深曲折的样子。

㊸善：以……为善，羡慕的意思。

㊹行休：将要结束。

㊺已矣乎：算了吧。

㊻寓形宇内：把身子寄托在天地之间。

㊼委心：随心，顺从自己的心意。

㊽遑遑：奔走匆匆的样子。何之：向何处去。

㊾帝乡：古人指天帝居住的地方，即仙境。

㊿怀：怀着，趁着。

51植：树，立。耔：培土。

52皋：水边高地。

53乘化：跟随造物，即顺应自然的意思。尽：死亡。

54乐夫天命：乐天知命，即安于命运。夫（fú）：助词，没有实际意义。

扫一扫，静静聆听

参考译文

我家境贫困，仅靠耕种田地不能维持自己的生活。家中孩子甚多，米缸里通常没有粮食能储存下来，我找不到什么维持生计的办法。亲戚朋友大多劝我出去做个小官，我自己也有这种想法，但苦于没有门路。刚巧碰上有出使到外地去的差使，各地长官都以爱惜人才为美德，叔父因为我的贫苦境况就把我推荐了去，于是我被任命为小城的官吏。这时战乱还没有平息，我心里害怕去远方做官，而彭泽县离家乡只有一百里路程，公田收获的粮食也足够酿酒之用，因此我就在彭泽县担任职务。但没过多久，我思念田园，也就产生了归乡的念头。为什么呢？因为我的本性坦率自然，不会勉强做作，不愿强迫自己做不愿做的事。挨冻受饿虽是急需解决的问题，但违背自己本性导致的身心俱疲远比挨冻受饿更痛苦。我曾经做过官，但都是为生活所迫。于是感到烦恼不已，觉得这实在有愧于平生的志愿。只想着等到秋收以后，就收拾行装日夜兼程地回去。

不久，嫁入程家的妹妹在武昌去世，我急切地要赶着去奔丧，就自己弃官离职了。从秋到冬，我只做了八十多天的官。我想对这件事情抒发自己内心的感情，就写了这篇文章，并命名为《归去来兮》。乙巳年十一月。

归去吧，田园快要荒芜了，为什么还不回去呢？既然自己的心志受到形体的役使，那又为什么还要如此伤感失意而独自悲哀呢？我认识到过去所做错的已经无法挽回，但知道未来的事却还来得及弥补。我确实已走入迷途但还不算太远，现在已经觉悟到如今归田是对的，以前出仕是错的。

船在水中轻快地漂荡前进，微风吹动着我的衣裳。向行人打听前面的路程，只恨晨光朦胧，天还不亮。终于看到自己简陋的家门，我高兴地向前飞奔。家僮欢快地迎接，孩子们都在门口等候。庭院中的小路已经长满了荒草，松树和菊花还依旧保持着原有的样子。带着孩子们进入屋里，美酒已经满觞。我端起酒壶酒杯自斟自饮，观赏着院子里的树木，我感到非常愉快。倚着南窗寄托自己傲岸的情怀，深深感到这简陋狭小之地也可以使人安乐满足。门经常关闭着，每天到园子里散散步，兴味无穷，自有乐趣。拄着手杖走走停停，到处游息，不时抬头眺望远景。云气自然而然从山洞飘浮而出，倦飞的鸟儿也知道回到巢中。日光渐渐暗淡，太阳即将落山，我还手抚着孤松，徘徊不愿离去。

归来吧，我要与世俗断绝交游。既然世俗的一切都和我的情志相违背，再出游又能追求些什么呢？跟亲人们谈谈知心话使人愉快，弹琴读书又能够消愁解忧。农人们告诉我春天到了，将要去西边的田地耕作。有时驾着小篷车，有时划着孤舟，既要探寻曲折幽深的沟壑，又要经过高低不平的山丘。树木欣欣向荣地生长，泉水涓涓流淌，我真羡慕自然界万物各得其时、生机勃勃，感叹自己的一生行将告终。

算了吧！人寄身世上，一生又能有多少时光，为什么不随着自己的心意，任其自然，或去或留呢？为什么整天心神不定还想去什么地方？富贵荣华不是我所追求的，升入仙界也没有希望。趁着有良辰美景我独自去游览欣赏，或者放下手杖去除草培苗。

登上东边山冈我放声长啸，伴着清澈的溪流我吟咏歌唱。姑且顺其自然了结一生吧，乐天安命，还有什么可犹豫彷徨的呢？

赏析

这篇辞赋的前面有一段小序，说明写这篇作品的缘由，表达了诗人对过去求官的悔恨和今日归田的喜悦。诗人指出了归田的三条理由，其中第一条“质性自然，非矫厉所得”是根本。正因为做官“深愧平生之志”，才有“归欤”之情，所以只有离开官场，独善其身了。这“归欤”采用了《论语》中孔子困于陈蔡产生“归欤”之叹的典故。

在正文部分，诗人描述了脱离官场的喜悦和田园生活的乐趣，而这又是用过去“心为形役”的官场生活作反衬的。诗人将《论语》中楚国狂人接舆唱的“往者不可谏，来者犹可追”稍加变化，成为“悟已往之不谏，知来者之可追”，连同“实迷途其未远，觉今是而昨非”，写出了一种大释大悟的快乐。尤其是后两句，可以说是对前半生的总结，是觉醒和决绝的宣言，显示出了陶渊明洁身自好的高尚人格以及同一般读书人大相径庭的人生观。“云无心以出岫，鸟倦飞而知还”是千古名句，表面上写云、写鸟，实际上把云和鸟人格化，形象地反映了诗人当时的心境。末尾“曷不委心任去留”化用了嵇康《琴赋》中的“委性命兮任去留”。“聊乘化以归尽，乐夫天命复奚疑”是诗人的处世哲学和人生结论，带有明显的道家玄学思想色彩，虽有苟安避世的消极情绪，但毕竟是发自内心的一种反省。

整首诗充满着安逸、闲适和宁静的情趣，显露了诗人孤高的个性，表现出对平民生活的追求。除少数直接表明心境的语句之外，大多以诗人的具体活动、田园景物与自己的思想感情相融合，以景写意，创造出一个清新淡远的意境，表现了隐逸生活的可爱。此篇辞赋语言清新典雅，音节和谐铿锵，用典不露痕迹。

五柳先生传

[晋] 陶渊明

先生不知何许[①]人也，亦不详[②]其姓字，宅边有五柳树，因以为号焉[③]。闲静少言，不慕荣利。好读书，不求甚解[④]；每有会意[⑤]，便欣然忘食。性嗜[⑥]酒，家贫不能常得。亲旧[⑦]知其如此，或[⑧]置酒而招之；造[⑨]饮辄尽[⑩]，期在必醉[⑪]。既醉而退，曾不吝情去留[⑫]。环堵萧然[⑬]，不蔽风日；短褐穿结[⑭]，箪瓢屡空[⑮]，晏如[⑯]也。常著文章自娱，颇[⑰]示己志。忘怀[⑱]得失，以此自终[⑲]。

赞[⑳]曰：黔娄[㉑]之妻有言："不戚戚于贫贱，不汲汲于富贵。"[㉒]其言兹若人之俦乎[㉓]？衔觞赋诗[㉔]，以乐[㉕]其志[㉖]。无怀氏[㉗]之民欤？葛天氏之民欤？

①何许：何处，哪里。许，处所。

②不详：不知道。详，详细地知道。

③因以为号焉：就以此为号。因，因此，就。以，把，用。为，作为。焉，语气助词。

④不求甚解：这里指读书只求领会要旨，不在一字一句地解释上过分深究。甚，深入，过分。

⑤会意：指对书中的内容有所领会。会，体会，领会。

⑥嗜：喜好。

⑦亲旧：亲戚朋友。亲，亲戚。旧，这里指旧交，旧友。

⑧或：有时。

⑨造：往，到。

⑩辄（zhé）尽：就喝个尽兴。辄，就。

⑪期在必醉：希望一定喝醉。期，期望。

⑫曾（zēng）不吝情去留：竟没有舍不得离开（意思是五柳先生的态度率真，来了就喝酒，喝完就走）。曾不，竟不。曾，用在“不”前，加强否定语气。吝情，舍不得。去留，意思是去，离开。

⑬环堵萧然：简陋的居室里空空荡荡。环堵，周围都是土墙，形容居室简陋。萧然，空寂的样子。

⑭短褐穿结：粗布短衣上打了补丁。短褐，用粗麻布做成的短上衣。穿结，指衣服上有洞和补丁。

⑮箪（dān）瓢屡空：箪和瓢时常是空的（形容贫困，难以吃饱）。箪，古代盛饭用的圆形竹器。瓢，饮水用具。屡空，经常是空的。

⑯晏（yàn）如：安然自若的样子。晏，安然。如，……的样子。

⑰颇：“稍微”，或“十分”。

⑱忘怀：忘记。

⑲自终：过完自己的一生。

⑳赞：传记结尾的评论性文字。今义称赞、赞美。

㉑黔（qián）娄：战国时齐国的隐士。

㉒不戚戚于贫贱，不汲汲于富贵：不为贫贱而忧愁，不热衷于发财做官。戚戚，忧虑的样子。汲汲，心情急切的样子。于，介词，由于、因为的意思。

㉓其言兹若人之俦（chóu）乎：这话大概说的是五柳先生一类的人吧？若人，此人，指五柳先生。俦，辈，同类。

㉔衔觞（shāng）赋诗：一边喝酒一边作诗。衔，含着。觞，酒杯。

㉕乐：形容词的使动用法，使……快乐。

㉖志：心志。

㉗无怀氏：跟下文的“葛天氏”都是传说中的上古帝王。据说在那个时代，人民生活安乐，恬淡自足，社会风气淳厚朴实。

赏 析

《归去来兮辞（并序）》与《五柳先生传》一向被视作姊妹篇，前者作于405年作者弃官归田之日，以乐天知命为主旨；后者作于南朝宋建立（420）之后，以安贫乐道为主旨，可以相互比较。

《五柳先生传》可看成是陶渊明的自传散文。在文中表明其三大志趣，一是读书，二是饮酒，三是写文章，塑造了一个真实的自我，表现了卓然不群的高尚品格，透露出强烈的人格个性之美。在文体上开创了一种独特的文学传记体，上承阮籍《大人先生传》，下开王绩《五斗先生传》、白居易《醉吟先生传》。朱光潜说："大诗人先在生活中把自己的人格涵养成一首完美的诗，充实而有光辉，写下来的诗是人格的焕发。……昔人谓'不着一字，尽得风流'为诗的胜境，渊明不但在诗里，而且在生活里，处处表现出这个胜境，所以我认为他达到最高的禅境。"

这篇文字独具慧眼，“不”字为一篇眼目。如“不知何许人也，亦不详其姓字”“不慕荣利”“不求甚解”“家贫不能常得”“曾不吝情去留”“不蔽风日”“不戚戚于贫贱，不汲汲于富贵”等，世人有种种追名逐利、矫揉造作之事，诗人言“不”，正突出了他与世俗的格格不入，突出了他对高洁志趣和人格的坚持。这样不仅让读者对他的与众不同击节叹赏，也使文章笔墨精粹而笔调诙谐，读来生动活泼，引人入胜。

《归去来兮辞（并序）》无论是抒情、叙事、议论，还是结构、语言，都充分体现出了陶渊明诗文平淡自然、清远潇洒的风格特征。文中写田园生活的乐趣，看起来都是一些平常的细节，但又处处显示出诗人“旷而且真”的感情，在清淡平远的描述中，包含着浓浓的意趣和深刻的人生哲理。

03. 归园田居（其一）

少无适俗韵[①]，性本爱丘山。

误落尘网中，一去三十年[②]。

羁鸟恋旧林，池鱼思故渊。

开荒南野际，守拙[③]归园田。

方宅十余亩，草屋八九间。

榆柳荫后檐，桃李罗[④]堂前。

暧暧[⑤]远人村，依依[⑥]墟里烟。

狗吠深巷中，鸡鸣桑树颠。

户庭无尘杂，虚室[⑦]有余闲。

久在樊笼[⑧]里，复得返自然。

---

①适俗韵：适合世俗的性情。韵：气质，本性。

②三十年：作者第一次出仕到最后归田，前后共 13 年，这里可能

是过去传抄有误，或者是夸大的说法。

③守拙：意思是不随波逐流，固守节操。拙，这里指不善于做官。

④罗：罗列。

⑤暧暧：昏暗，看不清楚的样子。

⑥依依：轻柔的样子。

⑦虚室：安静空荡的居室。

⑧樊笼：比喻官场生活。

扫一扫，静静聆听

参考译文

少小时就没有随俗气韵，自己的天性是热爱自然。
偶失足落入了仕途罗网，转眼间离田园已十余年。
笼中鸟常依恋往日山林，池里鱼向往着从前深渊。
我愿在南野际开垦荒地，保持拙朴本性归耕田园。
绕房宅方圆有十余亩地，还有那茅屋草舍八九间。
榆柳树荫盖着房屋后檐，争春的桃与李列满院前。
远处邻村屋舍依稀可见，村落里飘荡着袅袅炊烟。
深巷中传来了几声狗吠，桑树顶有雄鸡不停啼唤。
庭院内没有那杂尘干扰，静室里有的是安适悠闲。
久困于樊笼里毫无自由，我今日总算又归返山林。

赏 析

陶渊明因无法忍受官场的污浊与世俗的束缚，坚决地辞官归隐，躬耕田园。诗中描述的脱离仕途的那种轻松之感，返回自然的那种喜悦之情，还有清静的田园、淳朴的交往、躬耕的体验，使得《归园田居》诗成为杰出的田园诗章。

这首诗生动地描写了诗人归隐后的生活和感受，抒发了诗人辞官归隐后的愉快心情，从而表现了他对田园生活的热爱，表现出劳动者的喜悦；同时又隐含了对官场黑暗腐败的厌恶之感，表现了诗人不愿同流合污，为保持完整的人格和高尚的情操而甘受田间生活的艰辛。诗篇集中体现了陶渊明追求自由、安于清贫、隐逸山野、洁身自好、远离官场、超脱世俗的美好情操。陶渊明写《归园田居》其实是写自己理想的故居。

《归园田居》（其一）以追悔开始，以庆幸结束，追悔自己“误落尘网”“久在樊笼”的压抑与痛苦，庆幸自己终“归园田”、复“返自然”的惬意与欢欣，真切表达了诗人对污浊官场的厌恶，对山林隐居生活的无限向往与怡然陶醉。

诗中的草木山水、田宅村落无不带有主观感情色彩，自然界的意境和诗人的心情糅合在一起了。如“暧暧远人村，依依墟里烟”就是寓情于景、由远及近地表现出乡间亲切宜人、生气勃勃的优美景象；而这只有怡然自乐、心满意足的诗人才能采来入诗。正因为诗人把田园的日常生活写进了诗中，使人觉得亲近，所以全诗显得平淡自然、色调淡雅。

癸卯岁始春怀古田舍二首（其一）

［晋］陶渊明

在昔闻南亩，当年竟未践①。
屡空②既有人，春兴③岂自免。
夙晨装吾驾，启涂情已缅④。
鸟哢欢新节，泠风送余善⑤。
寒竹被荒蹊，地为罕人远⑥；
是以植杖翁，悠然不复返⑦。
即理愧通识，所保讵乃浅⑧。

---

①在昔：过去，往日。与下句“当年”义同。南亩：指农田。未践：没去亲自耕种过。

②屡空：食用常缺，指贫穷。既有人：指颜回。《论语·先进》：

“子曰：‘回也其庶乎，屡空。’”诗人用以自比像颜回一样贫穷。

③春兴：指春天开始耕种。兴，始，作。

④夙晨：早晨。夙，早。装吾驾：整理备好我的车马。这里指准备农耕的车马和用具。启涂：启程，出发。“涂”通“途”。缅：遥远的样子。

⑤哢（lòng）：鸟叫。泠风：小风，和风。《庄子·齐物论》：“泠风则小和。”余善：不尽的和美之感。善，美好。《庄子·逍遥游》：“夫列子御风而行，泠然善也。”

⑥被荒蹊：覆盖着荒芜的小路。地为罕人远：所至之地因为人迹罕至而显得偏远。

⑦植杖翁：指孔子及弟子遇见的一位隐耕老人。《论语·微子》：“子路从而后，遇丈人，以杖荷蓧（diào，一种竹器，古代耘田所用）。子路问曰：‘子见夫子乎？’丈人曰：‘四体不勤，五谷不分，孰为夫子？’植其杖而芸。”植，通“置”，放置。杖，木杖。悠然：闲适的样子。不复返：不再回到世俗社会。

⑧即理：就这种事理。指隐而耕。通识：识见通达高明的人。这里指孔子和子路。此两句可译为“此理愧对通达者，所保名节岂太浅？”陶渊明认为自己坚持隐而不仕的行为，与这种“通识”相比是有“愧”的。讵：岂。浅：浅陋，低劣。

赏析

这首诗写一年之始的春耕，展现了田野景象的清新怡人，抒发了诗人内心的喜悦之情。通过田园躬耕，诗人初步体验到了古代“植杖翁”隐而不仕的乐趣，并表示像颜回那样既贫穷而又不事耕种的行为则不可效法。

这首诗以“在昔闻南亩”起句，叙述了劳动经过，描绘了自然界的美景，缅怀古圣先贤，赞颂他们躬耕田亩、洁身自守的高风亮节。陶渊明早就听说过“南亩”，只恨自己没有尽早赶来，过这俯身躬耕的日子。这里他提到《论语》里“屡空”的颜回。陶渊明不怕贫穷，这正是他用以反抗世俗的安贫乐道。他喜欢自给自足的农耕生活。他从村落清新的晨曦里一路走出来，驾好车马，下地干活，他的胸中饱含着自然的情怀。鸟声婉转，风中弥漫着花草清香，凉爽，和善，绝不寒冷。田地上的白雪潮水般退去，荒草覆盖了冬后大地的无数小径。这偏远的、人迹罕至的地方叫人惊喜。他可以在这里找到自由。不需要繁华、光荣和热烈的事物，以及任何一个多余的人。他甚至觉得，汲汲于功名的人类是可笑的。他理解了“植杖翁”的遁世选择。尽管陶渊明认为自己坚持隐而不仕的行为，与孔子和子路这种“通识”相比是有“愧”的。隐，还是不隐，对他而言其实一直是个矛盾。这个世界的通识就是，不隐，要入世，功成名就，出人头地。陶渊明还不想归隐，时候还没到，但他的愧对只是暂时的不安。他终将心安理得地归去。

04. 归园田居（其二）

野外罕人事[①]，穷巷寡轮鞅[②]。
白日掩荆扉，虚室绝尘想[③]。
时复墟曲[④]中，披[⑤]草共来往。
相见无杂言，但道桑麻长。
桑麻日已长，我土日已广。
常恐霜霰[⑥]至，零落同草莽。

---

①人事：指人际的交游往来。

②穷巷：偏僻的陋巷。轮鞅：代指车马。鞅，马颈上的皮带。

③尘想：世俗的想法。

④墟曲：山村僻静的地方。

⑤披：拨开。

⑥霰（xiàn）：小冰粒。

扫一扫，静静聆听

参考译文

乡居少与世俗交游，僻巷少有车马来往。

白天依旧柴门紧闭，心地纯净断绝俗想。

经常涉足偏僻村落，拨开草丛相互来往。

相见不谈世俗之事，只说田园桑麻生长。

我田桑麻日渐长高，我垦土地日渐增广。

经常担心霜雪突降，庄稼凋零如同草莽。

赏 析

陶渊明“性本爱丘山”，这不仅是因为他长期生活在田园之中，炊烟缭绕的村落，幽深的小巷中传来的鸡鸣狗吠，都会唤起他无限亲切的感情；更重要的是，在他的心目中，恬美宁静的乡村是与趋膻逐臭的官场相对立的一个理想天地，这里没有暴力、虚假，有的只是淳朴天真、和谐自然。因此，他总是借田园之景寄托胸中之“意”，挖掘田园生活内在的本质的美。《归园田居》组诗是诗人在归隐初期的作品，第一首着重表现他“久在樊笼里，复得返自然”的欣喜心情，这一首则着意写出乡居生活的宁静。

诗的第一句写田园的世俗交游往来很少，诗人用“罕”和“寡”形容，而第二句又是对第一句的具体补充和形象说明。下面“虚室绝尘想”则表现出诗人想完全跳出世俗的决绝态度。但是，人总是要互相接触的，诗人归田以后还是结交了新朋友，即农夫。“时复墟曲中，披草共来往”两句真实记录了诗人与农夫之间的交往。他们见面以后，不谈世俗杂事，只说桑麻生长的情况。而且诗人也像农夫一样，为桑麻的长势而高兴，为耕地面积的扩大而欢喜，为自然灾害的不期而至而担忧。由此可见，诗人和农夫的思想感情有了一定程度的接近。

本诗题材单一，说的是桑麻；诗意也比较单一，写诗人归田后思想感情的变化。但是，因为写得真实自然而有情致，所以平淡的文字却散发出浓烈的诗味。

癸卯岁始春怀古田舍二首（其二）

[晋] 陶渊明

先师有遗训，忧道不忧贫[①]。
瞻望邈难逮，转欲志长勤[②]。
秉耒欢时务，解颜劝农人[③]。
平畴交远风，良苗亦怀新[④]。
虽未量岁功，即事多所欣[⑤]。
耕种有时息，行者无问津[⑥]。
日入相与归，壶浆劳近邻[⑦]。
长吟掩柴门，聊为陇亩民[⑧]。

---

①先师有遗训，忧道不忧贫：这两句是说孔子有遗训，君子只忧愁治国之道不得行，不忧愁自己生活的贫困。先师，对孔子的尊称。遗训，留下的教诲。忧道不忧贫，这是《论语·卫灵公》中孔子的

话："子曰：君子忧道不忧贫。"

②瞻望：仰望。邈：遥远。逮：及。长勤：长期劳作。勤，劳。这两句是说孔子的遗训可望而不可即，因此转而下决心长期耕作，借以解除目前生活的贫困。

③秉：手持。耒（lěi）：犁柄，这里泛指农具。时务：及时应做的事，指农务。解颜：面呈笑容。劝：勉。这两句是说手拿农具高兴地去干活，笑语勉励农民从事耕作。

④平畴：平旷的田野。畴，田亩。交：通。苗：指麦苗，是"始春"的景象。怀新：指麦苗生意盎然。这两句是说平旷的田野有远风吹过，美好的麦苗生意盎然。

⑤岁功：一年的农业收获。即事：指眼前的劳动和景物。这两句是说虽然还未预计到一年的收获如何，就是眼前这些情况便足够自己高兴的了。

⑥行者无问津：用长沮、桀溺的事。《论语·微子》云："长沮、桀溺耦而耕。孔子过之，使子路问津焉。"长沮、桀溺是古代的隐士。作者以沮、溺自比，意思是在耕作休息时，没有孔子那种有志于治理社会的人来问路。言外之意是今天没有"忧道不忧贫"的人。行者，行人。津，渡口。

⑦相与：结伴。劳：慰劳。这两句是说黄昏时和农民结伴而归，再提一壶酒浆去慰劳近邻。

⑧聊：且。陇亩民：田野之人。这句和上句是说吟咏着诗关上柴门，聊且做一个像长沮、桀溺那样的农民吧！

赏析

本首《癸卯岁始春怀古田舍》（其二）和上一首延伸作品是同一组作品，这组诗作于晋安帝元兴二年（403）春天。据《栗里谱》记载："有《始春怀古田舍》诗，当时自江陵归柴桑，复适京都宅，忧居家，思湓城，故有《怀古田舍》也。"这时诗人已经开始躬耕。晋安帝隆安四年（400），陶渊明36岁，入桓玄所辖州府任职。隆安五年（401）冬，母丧返归，自此退职。元兴元年（402），进占荆州的桓玄又进一步攻陷京师，称太尉，总揽朝政。国事无望，使陶渊明坚定了躬耕自资的决心，并付诸实际行动。这两首诗便是陶渊明亲自参加春耕之后的作品。诗人用田园风光和怀古遐想编织成了一幅图画。

《癸卯岁始春怀古田舍》（其二）以先师遗训"忧道不忧贫"之不易实践开端，夹叙了田间劳动的欢娱，然后联想到古代隐士长沮、桀溺的操行，而深感忧道之人的难得，最后以掩门长吟“聊作陇亩民”作结。陶渊明一向把孔子视为先师。孔子说过的“忧道不忧贫”，他记在心里；但他更喜欢这种“耕种有时息，行者无问津”的农耕生活。陶渊明想成为长沮、桀溺那样的隐士。他的内心有挣扎，有焦虑，本想有所作为，世界却使他望而却步。他很失望，渐渐生出一颗叛逆之心，甘愿“长吟掩柴门，聊为陇亩民”。这将是他生命的归宿。

这两首诗犹如一阕长调词的上下片，内容上紧密联系，表现上反复吟咏，回环跌宕，言深意远。整体上和谐一致，平淡自然，不假雕饰，真所谓浑然天成。

05. 归园田居（其三）

种豆南山下，草盛豆苗稀。
晨兴①理荒秽②，带月荷锄归。
道狭草木长，夕露沾我衣。
衣沾不足惜，但使愿无违。

---

①晨兴：早起。

②荒秽（huì）：指杂草。

扫一扫，静静聆听

参考译文

我在南山下种植豆子，地里野草茂盛豆苗稀疏。

清晨下地铲除杂草，身披月光扛锄归去。

狭窄的山径草木丛生，夜露沾湿我衣衫。

衣衫被沾湿并不可惜，只希望不违背我归耕田园的意愿。

赏 析

这首“种豆南山下”八句短章，在普普通通、平平常常四十个字的小篇幅里，表达了深刻的思想内容，描写了诗人隐居之后躬耕劳动的情景，写出了劳动的体会和感受。

此诗开门见山，先写种植耕耘的艰难。然后写诗人一早就下地劳动，直到“带月”而归。“带月”二字用得好。月夜行走在山村小路上，会觉得天空的月亮伴人前进，仿佛人带着月亮走一样。诗人把这种美丽的错觉写进诗里，增添了意境和趣味。接着笔锋又回到了劳动的艰辛。从这种真实的描述中，读者仿佛看到诗人的身影。在经受了艰辛劳动的考验后，诗人仍坚定地表示："衣沾不足惜，但使愿无违。"这两句展示了诗人的内心，他宁可吃苦受累，也决不改变夙愿。

陶渊明善于学习前人的书面语言。如开头四句变化自西汉杨恽的"田彼南山，荒秽不治"；"夕露沾我衣"也是变化自东汉王粲《从军诗》的"草露沾我衣"，但都结合了诗人的劳动生活，丝毫不显语言陈旧。因为诗人善于用浅易的文字、平缓的语调表现深刻的思想，所以，即使读者不知道诗中的典故，也能从诗歌的情调、气氛中了解诗人所要表达的东西。

田园作

[唐] 孟浩然

弊庐隔尘喧[1]，惟先养恬素[2]。
卜邻近三径[3]，植果盈千树[4]。
粤余任推迁[5]，三十犹未遇[6]。
书剑[7]时将晚，丘园[8]日已暮。
晨兴[9]自多怀，昼坐常寡悟。
冲天羡鸿鹄[10]，争食羞鸡鹜[11]。
望断金马门[12]，劳歌[13]采樵路。
乡曲[14]无知己，朝端[15]乏亲故。
谁能为扬雄，一荐甘泉赋[16]。

①隔尘喧：陶渊明《饮酒》(其五)："结庐在人境，而无车马喧。"

②先：先辈，指自己的先祖。养：涵养。《全唐诗》校："一作尚。"恬素：恬淡素朴。

③卜邻：选择邻居。《左传·昭公三年》："非宅是卜，惟邻是卜。"三径：原指庭园中的小路，引申为隐士居住之所。陶渊明《归去来兮辞》："三径就荒，松菊犹存。"《文选》李善注："《三辅决录》曰：蒋诩字元卿，舍中三径，唯羊仲、求仲从之游，皆挫廉逃名不出。"

④植：种植。果：果木。盈：满。

⑤粤：通"曰"，助词，用于句首或句中。任推迁：任凭世事推移变迁。陶渊明《荣木》诗序："日月推迁，已复九夏。"

⑥遇：得到君王的赏识。

⑦书剑：指读书做官、仗剑从军。

⑧丘园：丘墟园圃，指田园。

⑨兴：起来。

⑩鸿鹄：鸟名，即天鹅，善高飞。

⑪鹜：野鸭子。《楚辞卜居》："宁与黄鹄比翼乎？将与鸡鹜争食乎？"

⑫金马门：汉代宫门，《史记·滑稽列传》："金马门者，宦署门也。门傍有铜马，故谓之曰金马门。"汉武帝时，曾命学士东方朔、主父偃、严安、徐乐等待诏金马门，以备顾问。

⑬劳歌：劳作之歌。《汉书·朱买臣传》记载朱买臣发迹前，家贫，好读书，不治产业，砍柴为生。常担着柴边走边诵读诗书，妻子屡次阻止他在道中讴歌，他却越发大唱起来。这里孟浩然以朱买臣

自喻。

⑭乡曲：乡里，即所居之乡，因僻处一隅，故称“乡曲”。

⑮朝端：朝堂之上。乏：缺少。

⑯谁能为扬雄，一荐甘泉赋：《汉书·扬雄传》：“扬雄字子云，蜀郡成都人也。……孝成帝时，客有荐雄文似相如者。……召雄待诏承明之庭。正月，从上甘泉，还奏《甘泉赋》以风。”孟浩然以扬雄自比，希望能有人向君王荐举自己。

赏析

孟浩然（689—740），唐代诗人。本名浩，字浩然。襄州襄阳（现湖北襄阳）人，世称孟襄阳。因他未曾入仕，又被称为孟山人。早年有志用仕，在仕途困顿、痛苦失望后，尚能自重，不媚俗世，以隐士终身。诗与王维齐名，并称“王孟”。其诗清淡，长于写景，多反映山水田园和隐逸、行旅等内容，绝大部分为五言短篇，在艺术上有独特的造诣。有《孟浩然集》三卷。

《田园作》和《归园田居》（其三）虽都是闲居田园时所作，但二首诗志趣主旨迥异。孟诗抒写自己年已三十，仍然闲居田园而感到愤懑和急欲出仕的心情。孟浩然少怀大志，昼夜自强，自以为诗赋已工，可以一展怀抱。但终因无人援引，直至“三十而立”，仍然功名无成。所以结句以扬雄自况，既抒发了自己的感慨，又表白希望得到执政者援引，早日实现雄心壮志的心迹。而陶诗却是抒写隐居农作的欢乐，“带月荷锄归”，区区五字，即可见陶渊明心境之宁静、平和、充实。

语言表达上，可见孟浩然深受陶渊明之影响，诗中化用了陶渊明的不少诗句典故，田园风格极为近似。

06. 归园田居（其四）

久去[①]山泽游，浪莽[②]林野娱。
试携子侄辈，披榛[③]步荒墟。
徘徊丘垄[④]间，依依[⑤]昔人居。
井灶有遗处，桑竹残[⑥]朽株。
借问采薪者，此人皆焉如[⑦]？
薪者向我言，死没无复余。
一世异朝市[⑧]，此语真不虚。
人生似幻化，终当归空无。

---

①去：离开。

②浪莽：开旷，形容林野广阔。

③榛：草木丛杂。

④丘垄：坟墓。

⑤依依：形容思念情深。

⑥残：作动词用，残留。

⑦焉如：往哪里去了。

⑧一世：古时称 30 年为一世。朝（zhāo）市：泛指尘世。

扫一扫，静静聆听

参考译文

离别山川湖泽已久，纵情山林荒野心舒。

姑且带着子侄晚辈，拨开树丛漫步荒墟。

游荡徘徊坟墓之间，依稀可辨前人旧居。

水井炉灶尚有遗迹，桑竹残存枯干朽株。

上前询问砍柴之人："往日居民迁往何处？"

砍柴之人对我言道："皆已故去并无存余。"

"三十年尘世变面貌"，此语当真一点不虚。

人生好似虚幻变化，最终难免泯灭空无。

赏析

陶渊明的家乡曾久遭战乱。本诗通过"携子侄辈"凭吊故墟，真实地反映了战乱后田园残破的现实。

开始，诗人回到久别的"山泽"，心情是愉快的，游兴很浓，想肆意在广阔的林野间自娱。但现实状况使人扫兴，甚至心情沉重。如今，这里变成了墓地，只剩有井灶的遗迹和桑竹的朽株。这几个意象给人的感觉是伤心的。然后，诗人有意写了与“薪者”的对话，通过“薪者”的口说出百姓的灾难，比诗人自己说要真实生动得多。这是写实，它揭露了军阀混战的罪恶，也表达了诗人对百姓的同情。面对这一惨景，诗人内心伤感，感叹“一世异朝市，此语真不虚”。最后两句所流露的情绪似较消极，但它参破、说尽了盛则有衰、生则有死这样一个无可逃避的自然规律，看似平淡的诗句中包含着极大的感情容量，蕴藏着极深的哲理。

陶诗大多即景就事，平铺直叙，在平淡中见深意、显奇趣。本诗也是如此，诗人由愉快到沉重又到感伤的心理变化，正是对悲惨现实的反映。而人世之无常，现实之惨淡，愈发坚定陶渊明隐居之决心。

秋登兰山[1]寄张五

［唐］孟浩然

北山白云里，隐者自怡悦[2]。
相望[3]始登高，心随雁飞灭[4]。
愁因薄暮[5]起，兴是清秋[6]发。
时见归村人[7]，平沙渡头[8]歇。
天边树若荠，江畔洲如月[9]。
何当[10]载酒来，共醉重阳节[11]。

---

①兰山：一作“万山”。万山，在湖北襄阳西北十里。

②北山白云里，隐者自怡悦：南朝梁陶弘景《诏问山中何所有赋诗以答》：“山中何所有？岭上多白云。只可自怡悦，不堪持赠君。”

这两句由此变化而来。隐者，指张五。

③相望：互相遥望。

④心随雁飞灭：又作“心飞逐鸟灭”“心随飞雁灭”“心随鸟飞灭”等。

⑤薄暮：傍晚，太阳快落山的时候。《楚辞·天问》：“薄暮雷电，归何忧？厥严不奉，帝何求？”

⑥清秋：明净爽朗的秋天。晋殷仲文《南州桓公九井作》诗：“独有清秋日，能使高兴尽。”一作“清境”。

⑦归村人：一作“村人归”。

⑧渡头：犹渡口。过河的地方。

⑨天边树若荠，江畔洲如月：隋薛道衡《敬酬杨仆射山斋独坐》中有：“遥原树若荠，远水舟如叶。”这两句似是据此变化而成。荠，荠菜。洲，又作“舟”。

⑩何当：商量之辞，相当于“何妨”或“何如”。

⑪重阳节：古以九为阳数之极，九月九日故称“重九”或“重阳”。魏晋后，习俗于此日登高游宴。

赏析

孟浩然的这首《秋登兰山寄张五》和《归园田居》（其四），都是借景抒怀，但因二人所见不同，所抒情怀也就有异。后者所见是经过战乱、疾疫、灾荒之后，浔阳一带的凋敝，抒发人世变迁、人生无常之感；前者是一首临秋登高远望、怀人之作。张五名子容，隐居于襄阳岘山南约两里的白鹤山。孟浩然当时在岘山附近，因登岘山对面的万山以望张五，并写诗寄意。全诗情随景生，以景烘情，情景交融，浑然一体。诗人怀故友而登高，望飞雁而孤寂，临薄暮而惆怅，处清秋而发兴，自然希望挚友到来一起共度佳节。“愁因薄暮起，兴是清秋发”“天边树若荠，江畔洲如月”，细细品尝，令人玩味。

“时见归村人，平沙渡头歇。天边树若荠，江畔洲如月”是写从山上四下眺望。天至薄暮，村人劳动一日，三三两两逐渐归来。他们有的行走于沙滩，有的坐歇于渡头。诗人的描述显示出人们的行动从容不迫，带有几分悠闲。再放眼向远处望去，一直看到“天边”，那天边的树看去细如荠菜，而那白色的沙洲，在黄昏的朦胧中却清晰可见，似乎蒙上了一层月色。

这四句诗是全篇精华所在。在这些描述中，诗人既未着力刻画人物的动作，也未着力描写景物的色彩，而是用朴素的语言，如实地写来，是那样平淡，那样自然。正如皮日休所谓：“遇景入咏，不拘奇抉异……涵涵然有干霄之兴，若公输氏当巧而不巧者也。”沈德潜评孟诗为“语淡而味终不薄”，这实为孟诗的重要特征之一。

07. 归园田居（其五）

怅恨独策还[1]，崎岖历榛曲。
山涧清且浅，可以濯吾足。
漉[2]我新熟酒，只鸡招近局[3]。
日入室中暗，荆薪代明烛。
欢来苦夕短，已复至天旭。

---

①策还：拄着手杖归来。

②漉（lù）：滤。

③只（zhī）：量词。局：邻居。

扫一扫，静静聆听

参考译文

独自怅然拄杖还家，道路不平荆榛遍地。

山涧流水清澈见底，途中歇息把足来洗。

滤好家中新酿美酒，烹鸡一只款待邻里。

太阳落山室内昏暗，点燃荆柴把烛代替。

兴致正高怨恨夜短，东方渐白又露晨曦。

赏 析

这首诗是陶渊明组诗《归园田居》五首的最后一首，写劳动之余的生活乐趣。

前四句写归家途中的情景，如实表述了诗人内心由怅恨至平和的变化。首句“怅恨独策还”，是因游兴未尽而日色将暮，不得不还；也可以与此句中的“独”字有关，是因独游而产生的孤寂之感。这种孤寂感，既是这次游而无伴的孤寂感，也是诗人隐藏于内心的“举世皆浊我独清”（《楚辞·渔父》）的时代孤寂感。次句“崎岖历榛曲”，写的应是真景实事，但倘若驰骋联想，从象征意义去理解，则当时的路途确是布满荆榛，而诗人的生活道路也是崎岖不平的。联系其在《感士不遇赋》序中所说的“夷皓有安归之叹，三闾发已矣之哀”，不妨设想：其在独游之际，所感原非一事，怅恨绝非一端。第三、四句化用了《孟子·离娄》“沧浪之水清兮，可以濯我缨；沧浪之水浊兮，可以濯我足”，体示了诗人的生活情趣以及与自然相得相洽的心性。

后六句写诗人归家后邀请近邻欢饮达旦的乐趣，画出了一幅田园作乐图。当忧则忧，可乐则乐，正是诗人的真情流露。所以，本诗虽然句句叙事，却无处不在抒情，情感饱含在每一句诗中，可以说诗人把叙事与抒情有机地结合在一起，事中有情，情中有事。

过故人庄[①]

［唐］孟浩然

故人具鸡黍[②]，邀我至田家[③]。
绿树村边合[④]，青山郭[⑤]外斜。
开轩面场圃[⑥]，把酒话桑麻[⑦]。
待到重阳日[⑧]，还来就菊花[⑨]。

---

①过：拜访。故人庄：老朋友的田庄。庄，田庄。

②具：准备，置办。鸡黍（shǔ）：指农家待客的丰盛饭食（字面指鸡和黄米饭）。黍，黄米，古代认为是上等的粮食。

③邀：邀请。至：到。

④合：环绕。

⑤郭：古代城墙有内外两重，内为城，外为郭。这里指村庄的外墙。

⑥开：打开，开启。轩：窗户。面：面对。场圃：场地和田圃；庭院。场，打谷场、稻场。圃，菜园。

⑦把酒：端着酒具，指饮酒。把，拿起，端起。话桑麻：闲谈农事。桑麻，桑树和麻。这里泛指庄稼。

⑧重阳日：指夏历的九月初九。古人在这一天有登高、饮菊花酒的习俗。

⑨还（huán）：返，来。就菊花：指饮菊花酒，也是赏菊的意思。就，靠近，指去做某事。

赏析

孟浩然的《过故人庄》是与陶渊明的《归园田居》（其五）极其相似的一首诗，无论是内容、情感抑或语言风格。

一个普通的农庄，一回鸡黍饭的普通款待，被表现得富有诗意。一、二句描写的是眼前景，使用的是口头语，描述的层次也是完全任其自然，笔笔都显得很轻松，连律诗的形式也变得自由和灵便。这种平易近人的风格，与诗人描写的对象——朴实的农家田园和谐一致，体现了形式对内容的高度适应，恬淡亲切却又不是清浅枯燥。它是在平淡中蕴藏着深厚的情味：一方面固然是每个句子都几乎不见费力锤炼的痕迹，另一方面每个句子又都不曾显得薄弱。比如诗的头两句只写友人邀请，却能显出朴实的农家气氛；三、四句只写绿树青山，却能见出一片天地；五、六句只写把酒闲话，却能表现心情与环境的惬意契合；七、八句只说重阳再来，却自然地流露出对这个村庄和故人的依恋。这些句子平衡均匀，共同构成一个完整的意境，把恬静秀美的田园风光和淳朴诚挚的情谊融成一片。这是所谓“篇法之妙，不见句法”（沈德潜《唐诗别裁》）。孟浩然把艺术美融入整个诗作的血肉之中，显得自然天成。这种不炫奇猎异，不卖弄技巧，也不光靠一两个精心制作的句子去支撑门面的写法，是艺术水平高超的表现。正是因为有真彩，所以出语洒落，浑然干净，使全诗从“淡抹”中显示出它的魅力，而不再需要“浓饰盛妆”。

08. 庚戌[1]岁九月中于西田获早稻

人生归有道，衣食固其端。
孰是都不营，而以求自安？
开春理常业[2]，岁功[3]聊可观。
晨出肆微勤，日入负耒还。
山中饶[4]霜露，风气亦先寒。
田家岂不苦？弗获辞此难。
四体诚乃疲，庶无异患干[5]。
盥濯[6]息檐下，斗酒散襟颜[7]。
遥遥沮溺[8]心，千载乃相关[9]。
但愿长如此，躬耕非所叹。

---

①庚戌：晋安帝义熙六年（410）。

②常业：日常事务，这里指农作。

③岁功：一年的收成。

④饶：多。

⑤庶：大概、幸好的意思。异患：意外的灾祸。干：相犯。

⑥盥（guàn）濯：清洗。盥，洗（手、脸）。

⑦散襟颜：散心的意思。襟颜，胸襟容颜。

⑧沮溺：春秋时的隐士长沮、桀溺。

⑨相关：相通。

扫一扫，静静聆听

参考译文

人生归依有常理，衣食本自居首端。
谁能弃此不经营，便可求得自心安？
初春开始做农务，一年收成尚可观。
清晨下地去干活，日落背稻把家还。
居住山中多霜露，季节未到已先寒。
农民劳作岂不苦？无法推脱此艰难。
身体确实很疲倦，幸无灾祸来纠缠。
洗涤歇息屋檐下，饮酒开心带笑颜。
长沮桀溺隐耕志，千年与我息相关。
但愿能得长如此，躬耕田亩自心甘。

赏 析

此诗作于晋安帝义熙六年（410）九月。这年陶渊明 46 岁，是他弃官彭泽令归田躬耕的第六年。陶渊明为了最终抉择弃官归田，曾历经 13 年的曲折反复，而且在归田后心里总不是那么平静单纯，但经过多年的劳动实践，心灵终归宁静。于是，在这年秋收后，他以郑重又愉快的心情创作了《庚戌岁九月中于西田获早稻》这首诗。

本诗前四句“人生归有道，衣食固其端。孰是都不营，而以求自安”，用明快凝练的语言说出了一个人生道理：必须通过劳动去谋求衣食。这表达了诗人反对不劳而获的观念，读起来亲切感人。下面说到自己耕种收获之事，看似平淡的语言中蕴含着欣慰之情，非常真实，非常淳厚。以下说得更细，描写了从早到晚的辛勤劳动。劳动虽辛苦，但可以免遭“异患”，何况劳动归来还有别样的乐趣：檐下休息，洗手濯足，开怀畅饮。这种自由的生活当然令诗人开心。不过，陶渊明毕竟是一位深受传统文化影响的士人，所以他想到了千载以前长沮、桀溺那样的隐士，觉得与他们的心在暗中契合。结尾就说：“但愿长如此，躬耕非所叹。”无所怨尤，无所遗憾。至此，我们能感受到诗人的真情真意。

这首诗夹叙夹议，甚至直接议论，用议论达意。

开头四句是议论，说出对劳动的看法。“田家岂不苦？弗获辞此难”是议论，表示对田家的同情。“四体诚乃疲，庶无异患干”是议论，写出畏祸的心理。结尾四句仍是议论，表明长期躬耕的决心。议论虽多，但并不使人乏味，因为诗中跳跃着思想的火花，充满理趣，同时也抒发了诗人躬耕的情怀，意蕴深远。

渭川田家[1]

［唐］王维

斜阳照墟落[2]，穷巷[3]牛羊归。

野老念牧童[4]，倚杖候荆扉[5]。

雉雊[6]麦苗秀，蚕眠[7]桑叶稀。

田夫荷锄至[8]，相见语依依。

即此[9]羡闲逸，怅然吟式微[10]。

---

①渭川：渭水，源于甘肃鸟鼠山，经陕西，流入黄河。田家：农家。

②斜阳：一作“斜光”。墟落：村庄。

③穷巷：深巷。

④野老：村野老人。牧童：一作“僮仆”。

⑤倚杖：靠着拐杖。荆扉：柴门。

⑥雉（zhì）雊（gòu）：野鸡鸣叫。《诗经·小雅·小弁》：“雉之朝雊，尚求其雌。”

⑦蚕眠：蚕蜕皮时，不食不动，像睡眠一样。

⑧荷（hè）：肩负的意思。至：一作“立”。

⑨即此：指上面所说的情景。

⑩式微：《诗经》篇名，其中有“式微，式微，胡不归”之句，表归隐之意。

赏析

王维（约701—761），唐代诗人，字摩诘。开元进士，累官至给事中。安禄山叛军陷长安时曾受职，乱平后，降为太子中允。后官至尚书右丞，故亦称“王右丞”。晚年居蓝田辋川，过着亦官亦隐的优游生活。王维与孟浩然齐名，并称“王孟”。王维前期写过一些边塞题材的诗篇，但其作品最主要的则为山水诗，通过田园山水的描绘，宣扬隐士生活和佛教禅理。他的诗体物精细，状写传神，有独特成就。

这首诗描绘了一幅恬然自乐的农家暮归图，虽都是平常事物，却表现出诗人高超的写景技巧。全诗以朴素的白描手法，写出了人与物皆有所归的景象，映衬出诗人的心情，抒发了诗人渴望有所归，羡慕平静悠闲的田园生活的心情，流露出诗人在官场的孤苦、郁闷。全诗不事雕琢，纯用白描，自然清新，诗意盎然。

诗的核心是一个“归”字。牛羊徐徐归村，老人拄着拐杖，正迎候着放牧归来的小孩。顿时间，诗人感到这田野上的一切生命，在这黄昏时节，似乎都在思归。目睹这一切，诗人联想到自己的处境和身世，十分感慨。自开元二十五年（737）宰相张九龄被排挤出朝廷之后，王维深感政治上失去依傍，进退两难。在这种心绪下诗人来到原野，看到人皆有所归，唯独自己尚在彷徨之中，不得不既羡慕又惆怅。所以诗人感慨地说：“即此羡闲逸，怅然吟式微。”此诗经“即此”一点化，不仅此前所写之景皆成情语，而且景情契合无间，浑然一体，画龙点睛式地揭示了主题。

这首诗绝大部分的篇幅是在写田野和农夫，然而，诗人还是以一种旁观者的姿态，顶多只是寻得了一种借题发挥的缘起。王维的经济地位，且仕且隐的名士风度，加上受到庄禅思想的支配，使他绝不会像陶渊明那样贴近田园而做自食其力的耕作，王维的感触和体验是隐士的而非农夫的。

09. 饮酒（其五）

结庐[1]在人境，而无车马喧。

问君何能尔[2]？心远地自偏。

采菊东篱下，悠然见南山。

山气日夕佳，飞鸟相与还[3]。

此中有真意，欲辩已忘言。

---

①结庐：构造住宅。

②问君：问我自己。尔：如此，这样。

③日夕：傍晚。相与：相交、结伴。

扫一扫，静静聆听

参考译文

我家建在众人聚居的繁华之处，然而没有车马的喧闹。

要问我怎能如此超凡洒脱，心灵避离尘俗自然幽静远邈。

东篱下采撷清菊心情徜徉，无意中见到南山胜景绝妙。

暮色中缕缕彩雾萦绕升腾，结队的鸟儿回归远山的怀抱。

南山仰止啊，这里有人生的真义，已经无须多言。

赏 析

《饮酒》是一组诗，共 20 首。这一首表现诗人对田园生活的赞美，对大自然的热爱，对世俗社会的憎恨。

前四句说明“心远地自偏”的道理。诗人心境迈远，脱出尘俗，已经进入了一个与世无争、物我两忘的境界。后六句写在自然景色感染下悠然自得和享受的心情，也进一步解释了“心远地自偏”的依据。“山气日夕佳，飞鸟相与还”并没有具体描绘南山的景色，只写了飞鸟倦而知返。对于整个景色，诗人引而不发，欲吐又止，说“此中有真意，欲辩已忘言”，因为它无法用语言来形容，就让读者去驰骋想象。

诗人归田之后，心情平和，情趣淡远闲适，采菊东篱时偶然看到南山景致美好、幽静，除了同样“悠然”的感觉外，还有日夕鸟还给人的哲理启示，物我交流，融为一体，达到了浑然天成的艺术境界。此外，“心远”与“地偏”之间，一个“自”挑明因果关系，说理极为明白；末尾“此中有真意”也是从“采菊”四句引申出来的，同样是讲理，同样讲得自然。这就是一种理趣，由此可以看出，本诗达到了自然淳朴与醇美的统一，情、景、理和谐地统一，营造了闲淡自适而又真切的艺术境界。

饮酒（其一）

［晋］陶渊明

衰荣无定在[1]，彼此更共之[2]。
邵生[3]瓜田中，宁似东陵时。
寒暑有代谢[4]，人道每如兹[5]。
达人解其会[6]，逝[7]将不复疑。
忽[8]与一觞酒，日夕欢相持。

①衰荣：这里是用植物的衰败与繁荣，来比喻人生的衰与盛、祸与福。无定在：无定数，变化不定。

②更：更替，交替。共之：都是如此。

③邵生：邵平，秦时为东陵侯，秦亡后为平民，因家贫而种瓜于长安城东，前后处境截然不同。

④代谢：更替变化。

⑤人道：人生的道理或规律。每：每每，即常常。兹：此。

⑥达人：通达事理的人。会：指理之所在。

⑦逝：离去，指隐居独处。

⑧忽：尽快。

赏 析

《饮酒》组诗当是同一年秋夜陆续所作。各首在写作的当时，虽然只是根据彼时的感触，直抒胸臆，并无预先的规划，但在最后编排时，却照顾到了前后的联系，全组的结构，相当谨严。组诗虽然只有十篇直接写到酒，但所有各篇都是酒醉后的感想，故总题为《饮酒》。饮酒是为了排遣胸中的郁闷，酒后作诗是在书慨。梁昭明太子萧统说："有疑陶渊明之诗，篇篇有酒，吾观其意不在酒，亦寄酒为迹也。"

"衰荣无定在"为原诗第一首，写衰荣无定，世事不常，应当达观处之，饮酒自娱。这是整个组诗的总纲。开头两句就提出一个富有哲理的问题。"衰荣"犹言盛衰。宇宙万物，社会人事，莫不有衰有荣，衰荣二者，紧密相连。诗中衰荣并提，重点则在由荣变衰。下文紧接着即引人事申论之。据《史记·萧相国世家》记载：秦东陵侯邵平，秦亡后沦为平民，家贫，在西汉京城长安（今陕西西安）城东种瓜。当邵平在瓜田辛勤种瓜时，这种境遇同他在秦代为侯的富贵荣华、声势显赫比较起来，何止天壤之别！邵平如此，类似邵平的公侯将相，不知有多少；进而言之，王朝的兴衰，不知搬演了几多回。就诗人本人而言，他的曾祖父陶侃曾做过晋的大司马，祖父、父亲也做过太守、县令等官，但到他这一代，家世已经衰落。所以这两句虽然写的是史事，实际蕴含着对时势和自身身世的感叹。

然而，“寒暑有代谢，人道每如兹”，社会人事的盛衰变化，就像寒暑相互更替一样，是不可改变的客观规律。通达事理的人知道这个道理，就能不为这种变化而惊恐，也不为自己的得失穷达而烦心，日夕欢饮、怡然自适。“欢相持”写饮酒时的欢愉，但从上文的感慨和此题其他各首多感事伤时的内容看来，实际是借酒排遣，并非真的整日飘飘然。

10. 饮酒（其八）

青松在东园，众草没其姿。

凝霜殄[①]异类，卓然[②]见高枝。

连林人不觉，独树众乃奇。

提壶挂寒柯[③]，远望时复为。

吾生梦幻[④]间，何事绁[⑤]尘羁。

---

①殄（tiǎn）：消灭，灭绝。

②卓然：挺然突出的样子。

③壶：酒壶。柯：树枝。

④梦幻：比喻人生短促，如在梦中一样。

⑤绁（xiè）：捆缚。

扫一扫，静静聆听

参考译文

青松生长在东园，众草掩蔽了它的奇姿。

严霜使百草凋零，只有那松枝兀然挺立。

松树连成林不为人所留意，唯独一株孤松众人方才称奇。

把酒壶挂在寒枝上，一边饮酒一边向远处眺望。

人生短暂如同梦幻，何必受羁于世俗尘网。

赏 析

东园中挺拔的青松居然被众草掩蔽，可见众草之深、青松之孤。诗人之意在于用众草突出青松。然后写到严霜降临时众草凋零，独有青松常青，卓然立于园中，这就突显了青松的挺秀。但是，“连林人不觉，独树众乃奇”。如果青松连成了松林，它就难以给人强烈的印象。只有这一树独立，人们才会称奇。前六句诗其实是比兴：青松象征诗人坚贞不渝的人格，而众草比喻那些品低无节的士人，凝霜则喻指当时严峻恶劣的政治气候。后四句直接写诗人自己。诗人心爱这东园青松，将同样心爱的酒壶挂在松枝上，以此为乐。即使不来园中，从远处亦可欣赏它们，这就是一片深情。最后两句则表示诗人感到人的生命如梦幻一般，如此短促，何必自我束缚，陷入官场这一尘网之中呢？这不是进一步显示了自己如青松般的高洁人格吗？

全诗句句可圈可点，可以说是韵外之致、味外之旨。正如《汉魏六朝诗鉴赏辞典》所评："此诗精神境界与艺术造诣，可以喻之为一完璧。"

饮酒（其四）[①]

［晋］陶渊明

栖栖[②]失群鸟，日暮犹独飞。
徘徊无定止[③]，夜夜声转悲。
厉响[④]思清远，去来何依依[⑤]。
因值[⑥]孤生松，敛翮[⑦]遥来归。
劲风[⑧]无荣木，此荫独不衰。
托身已[⑨]得所，千载不相违[⑩]。

①这首诗通篇比喻，以失群之孤鸟自喻，前六句写迷途徘徊，后六

句写归来托身；又以“孤生松”喻归隐之所，表现出诗人坚定的归隐之志和高洁的人格情操。

②栖栖：心神不安的样子。

③定止：固定的栖息处。止，居留。

④厉响：谓鸣声激越。

⑤依依：依恋不舍的样子。

⑥值：遇。

⑦敛翮（hé）：收起翅膀，即停飞。

⑧劲风：指强劲的寒风。

⑨已：既。

⑩违：违弃，分离。

赏析

此诗和《饮酒》（其八）一样，全用比喻，继承了我国自《诗经》以来的比兴创作手法。在《饮酒》（其八）中，诗人以青松喻孤高傲岸的自己，象征诗人坚贞不渝的人格；此诗又以孤鸟自喻，形象地描绘了自己从尘世的羁绊中解脱出来，较之直接的陈述更加耐人寻味、意蕴深长。诗人另有《归鸟》四言诗一组，也抒发了相类似的情感，如其中之一说："翼翼归鸟，晨去于林，远之八表，近憩云岑。和风不洽，翻翮求心，顾俦相鸣，景庇清阴"，也寄寓了诗人倦而知返的经历。此诗以通首比喻的方法，启导了后代以鸟喻人的无数诗作，如鲍照的《赠傅都曹别》、韩愈的《鸣雁》、杜牧的《早雁》等都是全篇以雁为比，与此诗的创作手法一脉相承。

这首诗在写作上的另一个特点就是采用了强烈的对照手法。诗的前六句极言孤鸟的失意。鸟既失群，自然惶惶不安，加之在暮色苍茫中独自飞翔，令人倍感凄凉。再说它徘徊无定，是目之所见；续说它鸣声转悲，是耳之所闻，最后又从其鸣声而推测其心之所思，层叠写来，将孤鸟无地可容的窘迫处境写得淋漓尽致。然"因值孤生松"以下陡然折回，敛归息荫，自然有无限乐趣；更何况在举世无繁荣之木的情况下，得一挺拔劲直、浓荫铺地之青松作为栖息之地，自为理想的乐土，故欲托身于此，千载不离。后六句写鸟的得其所哉也极尽其能事。然唯有在前半首极言失意的基础上，才更深刻地感到后半首所写境遇的可贵，前后构成了强烈的对照，令诗意更加鲜明，这便是诗歌创作中比照的妙用，相反相成，达到更为感人的效果。

11. 饮酒（其九）

清晨闻叩门，倒裳[①]往自开。
问子为谁与？田父有好怀。
壶浆远见候，疑我与时乖[②]。
“褴缕[③]茅檐下，未足为高栖[④]。
一世皆尚同[⑤]，愿君汩其泥[⑥]。”
“深感父老言，禀气[⑦]寡所谐。
纡辔诚可学，违己讵非迷[⑧]！
且共欢此饮，吾驾不可回！”

---

①倒裳：形容急忙出迎。

②与时乖：意思是不合时宜。乖，违背，合不来。

③褴缕：通“褴褛”，指衣服破旧。

④高栖：理想的栖身之所，指高人隐士的住所。

⑤一世：举世，整个社会。尚同：指世俗风气崇尚同流合污。

⑥汩（gǔ）其泥：把水里的泥沙搅动起来，意思是同流合污。汩，搅浑。

⑦禀气：天生的气质，生性，天性。

⑧讵（jù）：岂，难道。迷：糊涂。

扫一扫，静静聆听

参考译文

清早就听敲门声，不及整衣去开门。

请问来者是何人？善良老农怀好心。

携酒远道来问候，怪我与世相离分。

“破衣烂衫茅屋下，不值先生寄贵身。

举世同流以为贵，愿君随俗莫认真。”

“深深感谢父老言，无奈天生不合群。

仕途做官诚可学，违背初衷是迷心。

姑且一同欢饮酒，决不返车往回奔！”

赏 析

这是一首表达诗人坚持隐居、拒绝出仕的决心的诗。它以叙事开头，夹叙夹议，使人如闻其声、如见其人。“清晨闻叩门”，客人来得突然，主人闻声惊喜，一开始就呈现一种自然而融洽的气氛。“倒裳往自开”采用了《诗经·齐风·东方未明》“东方未明，颠倒衣裳”之意，风趣地写出诗人未及整装便急起迎客的匆忙情形，更显得真挚热情，又有浓厚的生活气息。诗人从平常的生活小事中发现诗意，捕捉人情美的形象，写得很有情趣。叙述田父到来也用笔不多。田父是来劝说他的，所以下面用六句诗回答田父，也可看作是诗人的自勉。他坚决表示：“吾驾不可回。”在诗人眼里，重返仕途就是糊涂。这番答话，语气谦恭而委婉，但态度十分坚定。

本诗的构思很巧妙，先叙事，后对话，而且对话有取舍，诗人批评了世俗之见，表明自己的心迹，喊出了“吾驾不可回”的声音。这就是诗的主旨。另外，日常生活琐事被写入诗中，显得亲近自然、淳朴动人，也是本诗的高妙之处。

延伸阅读

饮酒（其十）[①]

［晋］陶渊明

在昔曾远游[②]，直至东海隅[③]。

道路迥[④]且长，风波阻中涂[⑤]。

此行谁使然[⑥]，似为饥所驱[⑦]。

倾身营一饱[⑧]，少许[⑨]便有余。

恐此非名计[⑩]，息驾[⑪]归闲居。

---

①这首诗回忆以往曾因生计所迫而涉足仕途，经历了风波艰辛之后，诗人感到自己既不力求功名富贵，而如此劳心疲力，倒不如归隐闲居，以保纯洁的节操。

②远游：指宦游于远地。

③东海隅（yú）：东海附近。这里当指曲阿，在今江苏省丹阳市。陶渊明曾于40岁时（晋安帝元兴三年）任镇军将军刘裕的参军，赴任途中写有《始作镇军参军经曲阿作》诗。

④迥（jiǒng）：远。

⑤风波阻中涂：因遇风浪而被阻于中途。涂，通“途”。陶渊明36岁时（晋安帝隆安四年），曾奉桓玄之命由江陵使都，返回途中遇大风被阻，写有《庚子岁五月中从都还阻风于规林二首》诗。

⑥然：如此，这样。

⑦为饥所驱：被饥饿所驱使。作者在《归去来兮辞》序中说：“余家贫，耕植不足以自给。尝从人事，皆口腹自役。”

⑧倾身：竭尽全身力气；全力以赴。营：谋求。

⑨少许：一点点。

⑩非名计：不是求取名誉的良策。

⑪息驾：停止车驾，指弃官。

赏析

陶渊明这首诗回忆了自己过去的一段离家求官而中途受阻的往事，表明如果不因为温饱是不会踏上这条漫长遥远、风波四起的为官道路的。

其中“道路迥且长，风波阻中涂”是一语双关。

"道路"既是离家"远游"的路途，又是"为官之道"；"风波"既是路途遭遇水面上的风和波浪，又是"官场的动荡、龌龊"。《宋书·陶潜传》载"潜弱年薄宦，不洁去就之迹"，就是说，诗人曾发生过"弱冠之年作小官，因官场不洁而离去的事"。陶渊明感叹道，离家求官的道路漫长遥远、动荡不定，而冒着这样的风险却只图"一饱"，这确实不是明智之举。罢了，还是回去避人独居，还我闲适而安定的生活。

此诗对自己早年被迫游宦谋生之举颇有后悔之意，与《饮酒》（其九）照应，点明了自己坚持隐居、拒绝出仕的原因。

12. 饮酒（其十六）

少年罕人事，游好在六经[①]。

行行向不惑，淹留遂无成。

竟抱固穷节[②]，饥寒饱所更[③]。

敝[④]庐交悲风，荒草没前庭；

披褐守长夜，晨鸡不肯鸣。

孟公[⑤]不在兹，终以翳[⑥]吾情。

---

①六经：指儒家经典《诗》《书》《易》《礼》《乐》《春秋》。

②固穷节：固守贫困的节操。

③更（gēng）：经历。

④敝：破旧，破烂。

⑤孟公：东汉刘龚，字孟公。

⑥翳：掩蔽。

扫一扫，静静聆听

参考译文

少年时很少与外界人事交往，所好者是儒家六经。

现已经年岁高了，但学业停滞、事业无成。

自己抱着“君子固穷”的节操隐居田园，历尽饥寒之苦。

悲风袭击破屋，前庭长满荒草。

因为饥寒不能入睡，所以披衣起来，坐待天明。偏偏晨鸡不肯报晓，夜更显长。

现已没有能理解自己的知己，我的所作所为，终将受到掩蔽而无法表白。

赏 析

本诗写诗人少年时有志于学，老大无成，为饥寒所困，又不遇知音的经历，流露出一种忧伤的情调。

诗中“不惑”指 40 岁，语出《论语·为政》：“子曰：‘……四十而不惑。’”下句用《楚辞·九辩》“蹇淹留而无成”。这两句暗示诗人刚过不惑之年弃官归隐的痛苦忧郁。当然他并非不得志，而是感愤于政治黑暗。所以下面就说“竟抱固穷节，饥寒饱所更”。诗人表示：始终抱定固穷之志，即使饱受饥寒，也不向世俗和黑暗政治屈服。这两句集中体现了全诗的精神。后面四句，诗人选择了很有代表性的生活镜头，展示出穷困的生活图画，同时抒发归隐以后的情怀。这些诗句，没有雕琢的痕迹，非常自然，给人以真实的感觉，很容易引起读者的共鸣。上面所写到的政治上的失意和生活上的穷困固然都使诗人感到忧伤和痛苦，但更痛苦的还是不遇知音。所以他怀念东汉的孟公。《后汉书·苏竟传》记载东汉张仲蔚很有文才，但家贫，住处“蓬蒿没人”，别人都不识其才，独有孟公了解他。诗人是以张仲蔚自比，感慨自己没有遇到孟公那样的知己，所以他有话装在肚子里，不得不“翳吾情”。这些文字，流露了诗人的孤独和寂寞。然而，他有着抱固穷节的精神，仍是一种高尚的、向上的境界。

这首诗从物质到精神，从外在到内在都写到了，蕴含深刻、广大，内容丰富、厚实，而语言简练自然，辞气和婉，体现了诗人极深的造诣。

饮酒（其十九）

［晋］陶渊明

畴昔[1]苦长饥，投耒[2]去学仕。
将养不得节[3]，冻馁固[4]缠己。
是时向立年[5]，志意多所耻。
遂尽介然分，终死归田里[6]。
冉冉星气流，亭亭复一纪[7]。
世路廓悠悠，杨朱所以止[8]。
虽无挥金事，浊酒聊可恃[9]。

---

①畴昔：往日。

②投耒：放下农具。

③将：养息。节：法度。

④固：常。

⑤向立年：接近三十岁。

⑥遂尽介然分，终死归田里：指坚持耿介的原则，辞彭泽县令永归田园之事。

⑦一纪：12 年。

⑧世路廓悠悠，杨朱所以止：世路空阔遥远而又多歧路，杨朱所以无所适从止步不前。

⑨虽无挥金事，浊酒聊可恃：虽不能如疏广之（西汉人，防子弟因富而骄，曾将财产分与乡里）挥金如土，但聊可凭浊酒以自陶醉也。

赏析

《饮酒》（其十六）和《饮酒》（其十九）两首诗都有回顾一生之意，欲有成而终无成，遂抱固穷之节。两首诗均提及家贫极寒之现实，写尽贫穷之状，令人为这位极富才华的大诗人唏嘘感叹。

但陶渊明的伟大之处就在于：虽然他的内心是颇不平静的，充满种种矛盾和冲突，有时甚至到了令人痛苦的地步；但在诗里，一切却都仿佛被过滤净化，表现为极朴素极单纯的情思。这里说的“长饥”“将养”“冻馁”，当然是诗人清贫家境的自况，但诗人之所以做出归园田的选择，实际上却远非只是出于物质条件方面的考虑。以退隐归耕而言，其中既有诗人“少无适俗韵，性本爱丘山”禀性气质的原因，也有对“真风告逝，大伪斯兴”世风的义无反顾的决绝意味；有“鸟尽废良弓”对世事反复无常动辄罹祸的恐惧，也有对“返朴归本”的“贵真”追求。对于如此曲折深微的心理历程，此诗中却以“志意多所耻”“遂尽介然分”两句一掠而过。诗人在这里避虚就实，化繁为简，一则是出于他对人生之道的朴素理解：“人生归有道，衣食固其端。孰是都不营，而以求自安”（《庚戌岁九月中于西田获早稻》），因而不讳言被一般士人认为是粗鄙的衣食问题；二则也有意以“不汲汲于自表”（顾炎武《日知录》）的态度，来与充满矫饰的世俗风气相对抗。这种对人生“复归于朴”的认识和态度，正是陶渊明“冲淡”诗风所赖以形成的思想原因。朱熹说陶诗“语健而意闲”，也正道中了陶渊明站在人生哲学的高度剖析自我的特点，因棋高一着故而能气度雍容，虽不求露己而自富启示性也。

古话云：“狂者进取，狷者有所不为。”诗人放弃了对外在功名事业的进取，而转向内心返归自然、“法天贵真”的精神追求。从这一点而言，陶渊明之嗜酒，实在可以说是以有所不为的狷者之饮而垂范后世的。

13. 饮酒（其二十）

羲农[①]去我久，举世少复真[②]。

汲汲鲁中叟[③]，弥缝[④]使其淳。

凤鸟虽不至[⑤]，礼乐[⑥]暂得新。

洙泗辍微响[⑦]，漂流逮狂秦。

诗书复何罪？一朝成灰尘。

区区[⑧]诸老翁，为事诚殷勤。

如何绝世[⑨]下，六籍[⑩]无一亲。

终日驰车走，不见所问津[⑪]。

若复不快饮，空负头上巾[⑫]。

但恨多谬误，君当恕醉人。

---

①羲农：伏羲和神农，传说中的上古帝王。

②真：指上古社会淳真的风尚。

③汲汲：急切、勤劳的样子。鲁中叟：指孔子。

④弥缝：补救，挽救。

⑤凤鸟：凤凰。古人认为凤凰出现则天下祥瑞太平。这里说凤鸟不至是指乱世。

⑥礼乐：指儒家经典和传统文化。据《史记·孔子世家》载，孔子在世时，“周室微而礼乐废”，经孔子修订整理，礼乐等传统文化焕然一新。

⑦洙泗：流经鲁国的两条河，孔子曾在河边设教。微响：精深微妙之言。

⑧区区：小心谨慎的样子。

⑨绝世：衰世，指晋末。

⑩六籍：六经。

⑪问津：本指孔子的学生子路向长沮、桀溺二位隐士问路的事。津，渡口。

⑫头上巾：儒巾。

扫一扫，静静聆听

参考译文

伏羲神农已遥远，世间少有人朴真。

鲁国孔子心急切，补救阙失使其淳。

虽未遇得太平世，恢复礼乐面貌新。

礼乐之乡微言绝，日月迁延至于秦。

诗书典籍有何罪？顿时被焚成灰尘。

汉初几位老儒生，传授经学很殷勤。

汉代灭亡至于今，无人再与六经亲。

世人奔走为名利，治世之道无问津。

如若不将酒痛饮，空负头上漉酒巾。

但恨此言多谬误，望君原谅醉乡人。

赏 析

这是组诗《饮酒》的最后一首，诗人自称“醉人”，用“醉人”的语气谈古论今、评说历史，表达了强烈的爱憎感情。

一开始，诗人感叹羲农时代距离现在已经很久远了，现在的社会很少有自然淳真的风尚。其实，世风的衰败早在孔子时代就已出现，好在那时有孔子出来“弥缝”，所以“凤鸟虽不至，礼乐暂得新”。这里说孔子虽未能使天下太平，但他整理礼乐，使传统文化焕然一新。诗人对孔子大加赞颂，景仰之情溢于言表。接下来，诗人含蓄地表达了对世风的讽刺。可以看出，诗人感情起伏，爱憎兼有，喜怒互见，真正是嬉笑怒骂皆成文章。

面对这庸俗、败坏的学风、世风，诗人只能借酒浇愁：“若复不快饮，空负头上巾。”“醉人”故作醉语，其实正表现出对现实的抗议。结尾两句仍是醉语，语气诙谐，同时透露出当时社会的黑暗。

陶渊明擅长以议论入诗。本诗虽然议论多，但全是发自内心，并非无病呻吟；而且因为诗人情感真挚，感愤深沉，所以并不失诗之本性。诗中既有赞仰，又有悲慨，语言亦庄亦谐，读来别有情趣。

饮酒（其十七）

［晋］陶渊明

幽兰生前庭，含薰[1]待清风。
清风脱然[2]至，见别萧艾[3]中。
行行失故路[4]，任道[5]或能通。
觉悟当念还，鸟尽废良弓[6]。

①薰：香气。

②脱然：轻快的样子。

③萧艾：指杂草。屈原《离骚》："何昔日之芳草兮，今直为此萧艾也。"

④行行：走着不停。失：迷失。故路：旧路，指隐居守节。"失故

路”指出仕。

⑤任道：顺应自然之道。

⑥鸟尽废良弓：《史记·越王勾践世家》：“蜚（飞）鸟尽，良弓藏”，比喻统治者于功成后废弃或杀害给他出过力的人。

赏析

这首《饮酒》（其十七）和《饮酒》（其二十），对社会现实都有深刻影射。本诗前四句以幽兰自喻，以萧艾喻世俗，表现自己清高芳洁的品性；后四句以行路为喻，写出贤人出仕犹如失去故路，有如履薄冰的危险，影射刘裕诛除异己不遗余力的现实。诗末以“鸟尽废良弓”的典故，说明自己的归隐之由，寓有深刻的政治含义。

《饮酒》（其二十）站在更高的高度，对历史文化心诵默念，其终极关怀则是现实社会。在这首诗里，陶渊明直接陈述了“羲农时代那淳真的风尚久已遗失难再”的观点，抒发了他对现实社会风气败坏的悲慨。

有人说，《饮酒》（其二十）可以当作一部中国学术文化史来读。的确如此，从上古淳真的羲农时代，到孔子复兴礼乐的春秋战国，到焚书坑儒的狂暴秦朝，到老翁殷勤传授经书的汉代，再到世无孔子之徒的魏晋宋，无不显示了中国儒家文化的江河日下。

与其说这是陶渊明对中国儒家文化衰落的回顾，毋宁说这是陶渊明对整个中国社会世风日下、堕落败坏的悲慨。陶渊明通过这一回顾，证明了自己关于“羲农时代那淳真的风尚久已遗失难再”这一观点的正确。

14. 移居（其一）

昔欲居南村，非为卜[①]其宅。
闻多素心人[②]，乐与数[③]晨夕。
怀此颇有年，今日从兹役[④]。
弊庐何必广，取足蔽床席。
邻曲[⑤]时时来，抗言[⑥]谈在昔。
奇文共欣赏，疑义相与析。

---

①卜：占卜，这里是选择的意思。

②素心人：心地淳朴淡泊的人。

③数（shuò）：屡。

④役：事。

⑤邻曲：邻居。

⑥抗言：高谈阔论。抗，同“亢”，高。

扫一扫，静静聆听

参考译文

从前想移居住到南村来，不是为了要挑什么好宅院。

听说这里住着许多纯朴的人，愿意同他们度过每一个早晚。

这个念头已经有了好多年，今天才算把这件大事办完。

简朴的屋子何必求大，只要够摆床铺就能心安。

邻居朋友经常来我这里，谈谈过去的事情，人人畅所欲言。

见有好文章大家一同欣赏，遇到疑难处大家一同钻研。

赏 析

在这以前，诗人的住所失火，过了一年多的困苦生活。这次要迁居了，他很欣喜地写下两首诗。这首诗一开始并不着墨于移居本身，而是从远处写起，用率真直浅的平叙手法写出求友的心情，点出了移居的因由。诗人化用《左传》“非宅是卜，惟邻是卜”这句话，表示自己不求好宅地，只求好邻居。从表面上看，前六句似乎平淡无奇，实际上却是寓华美于自然，无一字不是情深义重。这种藏巧于拙的艺术表现手法使诗的情感更加真挚动人。诗人不仅写了择邻求友的心情，也写了得友之后与友人相处的乐趣。“奇文共欣赏，疑义相与析”显示了诗人的雅兴和逸趣。这两句是陶诗中的佳句，既有情趣也有理趣，历来为人传诵。

本诗用事实说话，用事实言情达意，选择记叙了邻居时来、抗言无隐、赏奇文、析疑义等几件事，使人觉得朴实动人。但是，它又不是单纯描述事实，而是把自己最真挚、最美好的感情倾注笔端。意随笔至，用清新朴实的文辞抒写，用浅淡的语言和自然精妙的艺术形式将自己人格之“真”与艺术之“美”统一为一体，使读者得到陶冶心灵的美的享受。

还旧居[1]

[晋] 陶渊明

畴昔家上京[2]，六载去还归[3]。
今日始复来[4]，恻怆[5]多所悲。
阡陌不移旧[6]，邑屋或时非[7]。
履历周故居[8]，邻老罕复遗[9]，
步步寻往迹[10]，有处特依依[11]。
流幻百年中[12]，寒暑日相推[13]。
常恐大化尽[14]，气力不及衰[15]。
拨置[16]且莫念，一觞聊可挥[17]。

①旧居：指陶渊明故居浔阳柴桑（今江西九江西南）。

②畴昔：往昔，从前。家上京：诗人大约在义熙元年（405），即由彭泽归田那一年，从旧居柴桑迁往上京居住。上京，地名，当距柴桑旧居不远。

③六载：指诗人在上京居住的时间。去还归：谓常来常往。指经常回柴桑探望。

④今日：指写此诗的时间。始复来：诗人由上京迁居南村后，已多年未回柴桑旧居，所以称这次返回为“始复来”。

⑤恻怆：凄伤悲痛。

⑥阡陌：本指田间小道，此处指邑中街道，南北为阡，东西为陌。不移旧：没有改变原先的样子。

⑦邑屋：邑指县城。邑屋即为民屋。或时非：有的与从前不同。

⑧履历：所经过之处。周：全，遍。

⑨邻老：邻居家的老人。罕复遗：很少有还活着的。

⑩往迹：过去的踪迹。

⑪有处：意为某些地方。有，或也，此处转为“某”的意思。依依：依恋不舍的样子。

⑫流幻：流动变幻，指人生漂流动荡，踪迹不定。百年中：指人的一生。

⑬寒暑日相推：寒来暑往，日月相互交替，形容岁月流逝得很快。

⑭大化尽：指生命结束。大化，原指人生的变化，《列子·天瑞》：“人自生至终，大化有四：婴孩也，少壮也，老耄也，死亡也。”后

遂以“大化”作为生命的代称。

⑮气力：指体力。不及：不待。衰：衰竭。古人以50岁为入衰之年。《礼记·王制》：“五十始衰。”诗人此时已50余岁。这两句是说，我常担心死亡到来，还没等我体力完全衰竭。

⑯拨置：犹弃置，放在一边。拨，拂开。

⑰觞：古代一种酒器。挥：一饮而尽的动作。

赏析

本首《还旧居》，写于《移居》（其一）之后，两诗所写内容都和诗人居所有关，然而所表达的情感和主旨截然不同。

《移居》语言清新朴素，直如口语，然邻里之情、力耕之乐溢于言表，极富生活情趣。

《还旧居》约作于晋安帝义熙八年（412），陶渊明48岁；一说作于十三年（417），陶渊明53岁。陶渊明始居柴桑，约41岁时迁居于上京。在上京居六年，又迁居南村。诗人居上京时，尚常往来于柴桑之间，所以此诗说“畴昔家上京，六载去还归”，然迁至南村后，已多年未回柴桑。这次回到阔别已久的柴桑故地，见物是人非，大有沧桑之悲。在感慨万千之中，尤觉岁月易逝、人生无常，于是写下这首凄凉哀怨的诗歌。

这首诗描绘了一幅萧瑟衰败的旧居景象，基调凄凉哀怨。房屋的变迁，人事的推移，直接的原因是社会的动荡，而又像是生命枯荣变幻的必然。全诗以“一觞聊可挥”做结，看似要以及时行乐来驱散心中的“恻怆”和“所悲”，但是诗人的“及时行乐”有其自身的独特性，是其人生智慧的表现形式：纵浪于“自然”之中，身心达到适意之境。陶渊明的生活建立在田园生活“自然”的基础之上，他解决人生问题的智慧也是由此生发出来。

15. 移居（其二）

春秋多佳日，登高赋新诗。
过门更相呼，有酒斟酌之。
农务各自归，闲暇辄相思。
相思则披衣，言笑无厌时。
此理将不胜[①]？无为忽去兹。
衣食当须纪[②]，力耕不吾欺[③]。

①此理：如同说“这样的生活”。将：岂。胜：强，美好。

②纪：经营。

③不吾欺：不欺我，意思是努力耕作必将有收获，不会徒劳。

扫一扫，静静聆听

参考译文

春秋两季有很多好日子，我经常同友人一起登高赋诗。

邻里过门，互相招呼，相聚在一起，如果有酒，大家一起斟酌品尝。

农忙时节，大家各自归去，每当有空的时候，就会相互思念对方。

思念的时候，大家就披衣相访，聚集在一起谈谈笑笑没有厌恶的时候。

这种登高赋诗、饮酒言笑的生活的确很美好，不能轻易地抛弃它。

穿的吃的需要自己亲自去经营，只要努力耕作，就不会徒劳无所得。

这一首与前一首《移居》的不同之处在于：主要写移居之后与邻里融洽相处，忙时各自勤力耕作；闲时登高赋诗，过门招饮，披衣起访，言笑无厌的兴味。以自在之笔写自得之乐，写得集中，给人的印象很深。诗歌将诗人与邻里的淳朴情谊写到了极致，也将摒弃虚伪和矫饰的自然之乐倾泻无余。

这首诗一个明显的特点，就是诗人注意选取田园生活中有典型意义的场面进行描写，比如：登高赋诗、斟酒品尝、躬耕农田、披衣相访，既写了室内生活，也写了室外生活；既写了躬耕的辛劳，又写了赋诗言笑的畅快。这些不同地点的生活场面，构成一个完整的统一体，充分地表现了田园的那种自由自在的生活气氛。“过门更相呼”，活脱脱地写出了朋友之间兴趣盎然、无拘无束的生活情景；“相思则披衣”，写出了邻里之间相思的迫切情状。

诗人在最后强调“衣食当须纪”，使全诗的蕴含更加丰富。如果诗人仅写前面的内容，这首诗就单薄得多，强调了衣食的重要性，说明了他所希望的田园生活，除了登高赋诗以外，还有躬耕陇亩的一面。同时也说明了他对田园生活的认识加深了，对田园生活比原来有了更深刻的体验。全诗罗列日常交往的琐事，又以自然之乐贯穿起来，言情切事，若离若合，起落无迹，文气畅达而用意深厚，看起来平淡散缓其实却是浑然天成。

戊申岁[1]六月中遇火

[晋] 陶渊明

草庐寄穷巷[2]，甘以辞华轩[3]。
正夏长风[4]急，林室顿烧燔[5]。
一宅无遗宇[6]，舫舟荫门前[7]。
迢迢新秋夕[8]，亭亭[9]月将圆。
果菜始复生[10]，惊鸟[11]尚未还。
中宵伫遥念[12]，一盼周九天[13]。
总发抱孤介[14]，奄出[15]四十年。
形迹凭化往[16]，灵府[17]长独闲。
贞刚自有质[18]，玉石乃[19]非坚。
仰想东户时[20]，余粮宿中田[21]。
鼓腹无所思[22]，朝起暮归眠。
既已不遇兹[23]，且遂灌我园[24]。

①戊申岁：晋安帝义熙四年（408）。

②草庐：作者归田后营建的“草屋八九间”。寄：寄托，依附。穷巷：偏僻的村巷。

③甘：自愿。辞：拒绝，告别。华轩：指达官贵人乘坐的漂亮的车子，这里代指仕宦生活。轩，古代一种供大夫以上乘坐的轻便车。

④长风：大风。

⑤林室：林木和住宅。从此诗“果菜始复生”句可知，大火不仅焚毁了房屋，连同周围的林园也一并遭灾。顿：顿时，立刻。燔（fán）：烧、炙。

⑥宇：屋檐，引申为受覆庇、遮盖处。

⑦舫（fáng）：船。荫门前：谓遮荫于门前。林室皆焚毁，只有门前的航舟内尚有遮阴处。

⑧迢迢：遥远的样子。这里形容秋夕景象的空阔辽远。新秋夕：初秋的傍晚。

⑨亭亭：高貌。曹丕《杂诗》：“西北有浮云，亭亭如车盖。”

⑩始复生：开始重新生长。

⑪惊鸟：被火惊飞的鸟。

⑫中宵：半夜。伫（zhù）：长时间地站立。遥念：想得很远。

⑬一：句首助词，无义。盼：顾盼，凝视及环视。周：遍，遍及。九天：这里指整个天地。

⑭总发：“总角”，称童年时代。古时儿童束发于头顶。陶渊明《荣木》诗序：“总角闻道，白首无成。”孤介：谓操守谨严，不肯

同流合污。

⑮奄（yǎn）：忽，很快地。出：超出。

⑯形迹：身体，指生命。凭：任凭。化：造化，自然。往：指变化。

⑰灵府：指心。《庄子·德充符》："不可入于灵府。"成玄英疏："灵府者，精神之宅也，所谓心也。"

⑱贞刚：坚贞刚直。自：本来。质：品质、品性。

⑲乃：却。这两句是说，我的品质坚贞刚直，比玉石都更坚贞。

⑳仰想：遥想。东户：东户季子，传说中上古太平时代的君主。《淮南子·缪称训》："昔东户季子之世，道路不拾遗，耒耜余粮宿诸田首。"

㉑宿：存放。中田：田中。

㉒鼓腹：饱食。《庄子·马蹄》："夫赫胥氏之时，民居而不知所为，行不知所之，含哺而熙，鼓腹而游。"无所思：无忧无虑。

㉓兹：指东户时代。

㉔遂：就。灌我园：浇灌我的田园。这里指隐居躬耕。

赏析

这首诗作于晋安帝义熙四年（408），陶渊明 44 岁。此时诗人居上京，六月中旬，一场火灾将其居室焚烧殆尽，便只好住在门前的船中。至新秋之时，料理始完，遂写下这首诗。

“草庐寄穷巷，甘以辞华轩”起头这两句是写诗人这几年的平静生活。居陋巷而绝功名之念，这里用一个“甘”字，见出他这种态度出于自觉自愿，也显见他心情的平静自然。可是，“正夏长风急，林室顿烧燔。”天炎风急，丛集在一起的房子顿时烧掉了。着一“顿”字，见出打击的沉重。“一宅无遗宇，舫舟荫门前。”他的住宅没有剩下一间房子，只好将船翻盖在门前，以遮蔽风雨。以上可谓第一段，写“遇火”情况。

“迢迢新秋夕，亭亭月将圆。”曰“新秋”、曰“月将圆”，见出是七月将半的时令，离遇火已近一个月了。“果菜始复生，惊鸟尚未还。”遭火熏烤的周围园圃中的果菜又活过来了，但受惊的鸟雀还没有飞回。从“果菜始复生”见出他生计还有指望，而后一种情况又表示创伤的痛深。在这样的秋夜里，他的心情是很不平静的：“中宵伫遥念，一盼周九天。”半夜里他伫立遥想，顾盼之间真是“心事浩茫连广宇”了。以上是第二段，写“遇火”后心情的不平静。

第三段所写是“中宵伫遥念”的内容。诗人先是自述平生操行：“抱孤介”“长独闲”“贞刚”等句，自慰的口吻里又显出自信。他是在遭遇灾变之时作如此回想的，这也表示了他还将这样做，不因眼下困难而动摇。接着他又想起一种理想的生活：“仰想东户时，余粮宿中田。”“东户”指传说中的古代帝王东户季子，据说那时民风淳朴，道不拾遗，余粮储放在田中也无人偷盗。“中田”即田中。“鼓腹无所思，朝起暮归眠”是说：那时候人们生活无忧无虑，人人都安居乐业。这些“仰想”，表现了诗人的向往之情。他当时处于那种艰难境地作这种联想，实在也是很自然的。但是，这毕竟是空想。“既已不遇兹，且遂灌我园”意思是说：既然已经遇不上这样的时代，还是灌我的园、耕我的田吧。这表现了诗人面对现实的态度。想起“东户时”，他的情绪不免又波动起来，但他又立即回到眼前的现实，心情又平静下来。后两句似乎还有这样的意思：丰衣足食不能凭空想，要靠自己的劳动。这就与两年后写的《庚戌岁九月中于西田获早稻》所表达的思想相一致了。

这首诗写诗人“遇火”前后的生活情景和心情，很是真切，也很自然。比如遇火前后诗人心情由平静到不平静，是几经波折、多种变化，但都显得入情入理，毫不给人以故作姿态之感。火灾的打击是沉重的，不能不带来情绪的反应，此诗若一味旷达，恐非合乎实际。诗人的可贵，就是以平素的生活信念来化解灾变的影响，以面对现实的态度坚定躬耕的决心，他终于经受住了这次考验。

16. 杂诗（其一）

人生无根蒂，飘如陌上尘。
分散逐风转，此已非常身[1]。
落地[2]为兄弟，何必骨肉亲！
得欢当作乐，斗酒聚比邻[3]。
盛年不重来，一日难再晨。
及时当勉励，岁月不待人。

①常身：常住之身，指原来的模样。

②落地：刚出生。

③比邻：近邻。

扫一扫，静静聆听

参考译文

人生在世没有根蒂，漂泊如路上的尘土。

生命随风飘转，此身历尽艰难，已经不是原来的样子。

世人都应当视同兄弟，何必亲生的同胞弟兄才能相亲呢？

遇到高兴的事就应当作乐，有酒就要邀请近邻共饮。

青春一旦过去便不可能重来，一天之中永远看不到第二次日出。

应当趁年富力强之时勉励自己，光阴流逝，并不等待人。

赏 析

《杂诗》共 12 首，它们的基调是慨叹人生无常，感喟生命短暂。这是第一首，诗人对失意者、落魄者寄予深深的同情。

东汉末年的《古诗十九首》有“人生寄一世，奄忽若飙尘”句，诗人在这里将它点化翻新，变成了这首诗的开头四句。这四句诗连用了“无根蒂”的草木和“陌上尘”两个比喻，说明人生短暂、漂泊无依，抒发了心中的悲愤，也点明许多人不能主宰自己的命运，只能任人摆布，因而无法保持本来面貌。很明显，这不仅是写诗人的个人悲剧，也是写众人的悲剧，半是牢骚，半是谴责，对压迫者是揭露，对弱小者是同情。这种看似寻常、却寓奇崛的诗句，不仅蕴藏着理想破灭的失落和人生如幻的绝望，还有着醒世的作用。

“落地为兄弟，何必骨肉亲”，变化自《论语》“四海之内皆兄弟也”，表明诗人在战乱年代对和平、博爱的理想追求。现实生活中，人的忧愁和痛苦太多，难得开口一笑。所以他认为当“得欢”的机会到来时就不应放过，这就是“得欢当作乐，斗酒聚比邻”两句诗的意思。同时，诗人乐中有忧，借饮酒来抗议黑暗现实。

末尾四句，表明诗人感到自己“盛年”已过，老境将至，心情焦急，应该尽情享受；当然也含有勉励年轻人珍惜光阴、努力上进的意思。有了这样的结尾，诗的意境从低沉、迷惘转至振起、激越。全诗的语言朴实无华，比喻切近生活，内涵丰富，发人深省。

杂诗（其三）

［晋］陶渊明

荣华难久居，盛衰不可量。
昔为三春蕖[①]，今作秋莲房[②]。
严霜结[③]野草，枯悴未遽央[④]。
日月有环周，我去不再阳[⑤]。
眷眷往昔时，忆此断人肠。

---

①蕖：芙蕖，即荷花。

②莲房：莲蓬。

③结：聚集。

④枯悴未遽央：意为枯悴未遂尽，还有更为枯悴之时。

⑤日月有环周，我去不再阳：意为日月运转有循环往复，而我死则不再生矣。

赏析

本诗和《杂诗》（其一）内容相同，均感叹人生无常，盛年难再。但后者在末四句感情振起，寓含积极奋发的勉励之意。本诗却是对荣华难久、人生苦短的“断肠”悲哀。因为荣华富贵难以持久，事业兴衰不可预测。往日是春天的荷花，今天可作秋日的莲蓬。严霜积于野草上，使其枯萎却未凋丧。日月运转循环往复，我一旦死去将不再生。顾恋往日的美好时光，想到这些就令人极度悲伤。

诗人在永恒的大自然中选取最常见而又最具代表性的莲花、莲蓬、野草和天上周而复始的日月，与短暂无常的人的生命以及难以持久、不可预测的荣华富贵、事业兴衰相对比，这怎能不叫人“眷眷往昔时，忆此断人肠”啊！

诗人喜欢和自然界对话，这既能因得到灵感而喜，又可被悲哀所伤！

17. 杂诗（其二）

白日沦西河[①]，素月出东岭。

遥遥万里辉，荡荡空中景[②]。

风来入房户，夜中枕席冷。

气变悟时易[③]，不眠知夕永。

欲言无予和[④]，挥杯[⑤]劝孤影。

日月掷人去，有志不获骋[⑥]。

念此怀悲凄，终晓[⑦]不能静。

---

①沦：落。西河：一作西阿。阿，山坡。

②荡荡：浩大的样子。景：通“影”，指月光。

③时易：时节改变。

④予：通“余”，我。和：应和。

⑤挥杯：举杯。

⑥骋：驰骋，比喻施展。

⑦终晓：直到天亮。

扫一扫，静静聆听

参考译文

太阳从西山落下，白月从东岭升起。

月亮遥遥万里，放射着清辉，浩荡的夜空被照耀得十分明亮。

风吹入户，在夜间枕席生凉。

气候变化了，因此领悟到季节也变了，睡不着觉，才了解到夜是如此之长。

我要倾吐心中的愁思，却没有人应和，只好一个人举杯和自己的影子对酌。

时光飞快流逝，我空有壮志却不能得到伸展。

想起这件事满怀悲凄，心里通宵不能平静。

赏析

这首月夜书怀的诗自古以来为人称道。风入房户，枕席发凉，诗人望月兴愁，感到孤独、凄凉，于是用这优美的文字写下一曲人生悲歌。

诗人是由远至近地表达自己心境的，环境和心境统一在一起。在美丽的月夜，诗人无心欣赏，而是猛醒“气变悟时易，不眠知夕永”。“易”指客观时间的变易。“永”指心理时间的无穷。这两句诗不仅遣词工整，而且简洁的语言中含有数层转折，委婉之致。“挥杯劝孤影”是伤心语，写出了诗人愁苦的情态和心理，有意有情有形象，后来李白的“独酌劝孤影”“举杯邀明月，对影成三人”都是从这里脱胎出来的。末尾“日月掷人去，有志不获骋”则是全诗的核心，表现了对当时社会的抗议和控诉。由此可以看出，诗中的情绪由平淡沉静而逐渐转深，最终引向高潮，戛然而止，余韵无穷。

月下独酌[1]四首（其一）

［唐］李白

花间[2]一壶酒，独酌无相亲[3]。
举杯邀明月，对影成三人[4]。
月既不解饮[5]，影徒[6]随我身。
暂伴月将[7]影，行乐须及春[8]。
我歌月徘徊[9]，我舞影零乱[10]。
醒时同交欢[11]，醉后各分散。
永结无情游[12]，相期邈云汉[13]。

①独酌：一个人饮酒。酌，饮酒。

②间：一作“下”，一作“前”。

③无相亲：没有亲近的人。

④举杯邀明月，对影成三人：我举起酒杯招引明月共饮，明月和我以及我的影子恰恰合成三人。一说月下人影、酒中人影和我为三人。

⑤既：已经。不解：不懂，不理解。三国魏嵇康《琴赋》：“推其所由，似元不解音声。”

⑥徒：徒然，白白的。

⑦将：和，共。

⑧及春：趁着春光明媚之时。

⑨月徘徊：明月随我来回移动。

⑩影零乱：因起舞而身影纷乱。

⑪同交欢：一起欢乐。一作“相交欢”。

⑫无情游：月、影没有知觉，不懂感情，李白与之结交，故称“无情游”。

⑬相期邈（miǎo）云汉：约定在天上相见。期，约会。邈，遥远。云汉，银河。这里指遥天仙境。

赏析

《月下独酌四首》是唐代诗人李白的组诗作品。

这四首诗写诗人在月夜花下独酌，无人亲近的冷落情景。诗意表明诗人心中愁闷，遂以月为友，对酒当歌，及时行乐。表面看来，诗人真能自得其乐，可是深处却有无限的凄凉。全诗笔触细腻，构思奇特，体现了诗人怀才不遇的寂寞和孤傲，在失意中依然旷达乐观、放浪形骸、狂荡不羁的豪放个性。这与陶渊明的《杂诗》（其二）既有情感上的共鸣，又鲜明体现了诗人不同的个性。

《月下独酌四首》（其一）写诗人由政治失意而产生的一种孤寂忧愁的情怀。诗中把寂寞的环境渲染得十分热闹，不仅笔墨传神，更重要的是表达了诗人独自排遣寂寞、旷达不羁的个性和情感。此诗背景是花间，道具是一壶酒，登场角色只有他自己一个人，动作是独酌，加上“无相亲”三个字，场面单调得很。于是诗人忽发奇想，把天边的明月和月光下自己的影子，拉了过来，连自己在内，化成了三个人，举杯共酌，冷清清的场面，顿觉热闹起来。然而月不解饮，影徒随身，仍归孤独。因而自第五句至第八句，从月影上发议论，点出“行乐及春”的题意。最后六句为第三段，写诗人执意与月光和身影永结无情之游，并相约在邈远的天上仙境重见。诗人运用丰富的想象，表现出一种由独而不独，由不独而独，再由独而不独的复杂情感。全诗以独白的形式，自立自破，自破自立，诗情波澜起伏而又纯乎天籁，因此一直为后人传诵。

18. 杂诗（其五）

忆我少壮时，无乐自欣豫[①]。
猛志逸四海[②]，骞翮思远翥[③]。
荏苒岁月颓[④]，此心[⑤]稍已去。
值欢无复娱，每每多忧虑。
气力渐衰损，转觉日不如。
壑舟[⑥]无须臾，引[⑦]我不得住。
前涂[⑧]当几许？未知止泊处。
古人惜寸阴，念此使人惧。

---

①欣豫：欣喜。

②猛志：壮志。逸：超越。

③骞（qiān）翮（hé）：展翅的样子。骞，飞举。翮，鸟的翅膀。翥（zhù）：飞翔。

④颓：流逝。

⑤此心：猛志。

⑥壑舟：这里指大自然的发展变化。

⑦引：使。

⑧前涂：指未来的时日。涂，通“途”。

扫一扫，静静聆听

参考译文

想我年轻时候，虽无乐事也自保持愉悦心情。

壮志超越四海之外，愿做鸿鹄展翅远飞。

岁月渐渐流逝，壮心亦渐渐消退。

遇到欢乐的事也不再欢乐，常常多思善虑。

气力渐渐衰损，一日不如一日。

时光片刻不停，自己逐渐衰老下去。

不知我未来还有多少时光，也不知何处是我的归宿。

古人珍惜每一寸光阴，想到自己一生虚度了大半岁月是多么可怕。

赏 析

在这首诗里，诗人回忆过去、感叹现在、预测将来，抒发真情实感，即生命的忧患意识。形体日渐衰老，而自己的价值还未能实现，由此而产生再奋发努力的觉悟。诗的结构完整，以时间为线索，显得顺理成章。在写法上，运用对比写出了诗人不同时期的心理状态。

少壮时期，诗人风华正茂，常带着微笑看生活，显得兴奋，又富有理想，但也未免天真。到了中年、晚年，不仅再难以欢乐，还常怀深深的忧虑，感到形体逐渐衰老。“壑舟无须臾，引我不得住”两句含有深意。《庄子·大宗师》：“夫藏舟于壑，藏山于泽，谓之固矣；然而夜半有力者负之而走，昧者不知也。”意思是说，把船藏在山沟里似乎很安全，然而船受大自然（即“夜半有力者”）的侵蚀，愚昧的人是难以理解的。“壑舟”就是指大自然的发展变化。诗人的意思是，大自然在不停地发展变化，时光在暗暗消逝，诗人也逐渐变老，希望岁月停留、青春常在只是一种幻想。他用庄子一语比喻自己的变化，形象新鲜。因此，他展望未来，忧心忡忡，只觉得人生惨淡、前途渺茫。但想到古人，还是不甘沉沦。

全诗呈现一种苍凉沉郁的风格，感情的波澜也由飞扬至沉抑而提升，同样显示出陶诗包蕴深远的基本特色。

生年不满百

[汉] 佚名

生年不满百，常怀千岁忧[①]。
昼短苦夜长，何不秉烛游[②]！
为乐当及时，何能待来兹[③]。
愚者爱惜费[④]，但为后世嗤[⑤]。
仙人王子乔[⑥]，难可与等期[⑦]。

---

①千岁忧：指很深的忧虑。千岁，多年，时间很长。

②秉烛游：犹言作长夜之游。秉，本义为禾把、禾束，引申为动词，意为手拿着、手持。

③来兹：来年。

④费：费用，指钱财。

⑤嗤：讥笑，嘲笑，此处指轻蔑地笑。

⑥王子乔：古代传说中的仙人。

⑦期：本义为约会、约定，这里引申为等待。

赏析

《生年不满百》是产生于汉代的一首五言诗，是《古诗十九首》之一。此诗感慨人生苦短，劝人通达世事，及时行乐，不必为那些毫无益处的事而日夜烦忧，并讽刺了那些贪图富贵者不懂得领悟人生的愚昧无知，同时也表现了人生毫无出路的痛苦。诗的前四句极言人生短暂，主张人应当及时行乐；后六句进一步阐述人生中的三种主张：要及时、不惜费、不要企慕神仙。全诗思路清楚，层层推进；对比明确，达意深刻；用典恰当，意蕴深厚。

与陶渊明的《杂诗》（其五）比较，两诗均有对人生苦短的感叹。但陶诗在此之余还有对事业无成、老无作为的忧虑，诗末说“念此使人惧”，倘完全心灰意冷，则无须惧矣，可见诗人仍欲有所为。《生年不满百》则以放浪之语抒写“及时行乐”的奇思奇情，对世人日夜烦忧的行为予以劝诫。

写法上，陶诗运用对比，将少壮之时的自己和年老体衰的自己进行对比，以自己在不同人生阶段的经历感受为行文线索，情感真挚深沉，感人肺腑；《生年不满百》则以通达之士的口吻对世人进行劝诫甚或批判讽刺，发人深省。

19. 杂诗（其八）

代耕[①]本非望，所业在田桑。
躬亲未曾替[②]，寒馁常糟糠[③]。
岂期[④]过满腹，但愿饱粳粮；
御冬足大布，粗絺以应阳[⑤]。
正尔[⑥]不能得，哀哉亦可伤！
人皆尽获宜，拙生失其方[⑦]。
理也可奈何，且为陶一觞[⑧]！

---

①代耕：做官取得俸禄。

②替：废，停止。

③馁（něi）：饥饿。糟糠：穷人用来充饥的粗劣食物。

④期：希望。

⑤粗絺（chī）：粗麻布。絺，葛布。应：适应。阳：夏天。

⑥正尔：即使这样。

⑦拙：自谦之词，指诗人自己。方：方法。

⑧陶：指陶质酒具。

扫一扫，静静聆听

参考译文

俸禄代耕本非我之愿望，我所乐业是在耕种桑田。

亲身耕作从未曾废弃，尽管常常以糟糠对付饥寒。

哪里有非分的奢望，只愿有果腹的食粮。

抵御寒冷的冬天粗布衣已足够，应付夏天的太阳则用粗葛布衣。

仅此也不可得，悲哀又伤心啊！

众人皆有适宜的生存方法，我却独失生存之方。

天意如此无可奈何，姑且为快乐而干杯。

赏析

诗人写本诗时已年过五十，不像当初归田时那样衣食无忧。在本诗中，他描写了自己晚年的贫困生活，表达了不平之愤。

陶渊明曾经以禄代耕。“代耕”语出《孟子·万章下》：“下士与庶人在官者同禄，禄足以代其耕也。”但“代耕本非望”，他只想归田，自己谋取衣食。可是，到头来还是“寒馁”加身，连最低的温饱要求也“不能得”，十分痛苦。原因则归结为“人皆尽获宜，拙生失其方”。此句表面似乎在说自己谋生的笨拙无方，而实际在轻描淡写之中却展露出“举世皆浊我独清，众人皆醉我独醒”（《楚辞·渔父》）的楚魂风范，表现了陶渊明的与众不同、独来独往，不苟合，不妥协。“理也可奈何，且为陶一觞!”陶渊明将“有道者贫”这一常理，视为天意，这是用事实对当时的不合理社会做出控诉。然而，他无可奈何，只有用酒来解除自己的悲痛。

咏贫士（其二）

［晋］陶渊明

凄厉岁云暮[①]，拥褐曝前轩[②]。
南圃无遗秀[③]，枯条盈[④]北园。
倾壶绝馀沥[⑤]，窥[⑥]灶不见烟。
诗书塞座外，日昃不遑研[⑦]。
闲居非陈厄[⑧]，窃有愠言见[⑨]。
何以慰我怀[⑩]，赖古多此贤[⑪]。

---

①凄厉：凄凉寒冷。云：语助词，无意义。

②拥褐：围裹着粗布短衣。曝（pù）：晒太阳。轩：有窗槛的长廊或小室。

③圃：种植蔬菜瓜果的园子，即菜园。秀：指菜苗。

④盈：满。

⑤馀沥（lì）：指剩下的残酒。沥，滤过之清酒。

⑥窥：看。

⑦昃（zè）：太阳西斜。遑：闲暇。研：研读。

⑧陈厄（è）：在陈国受困。事见《论语·卫灵公》：孔子"在陈绝粮，从者病，莫能兴。子路愠见曰：'君子亦有穷乎？'子曰：'君子固穷，小人穷斯滥矣。'"厄，困苦，危难。

⑨窃：谦指自己的意见。愠：含怒，怨恨。

⑩怀：内心。

⑪贤：贤士，指安贫乐道的古代贫士。

赏析

与《杂诗》（其八）一样，陶渊明在此诗里再次写到了自己的贫寒之状，表达心中的不平，但最终能以古贤自况释怀，实为不易。

此诗先叙贫困饥寒之状。朔风凄厉，已近岁末。无以取暖的诗人，只能拥着粗布衣服，在前轩下晒太阳。抬眼望去，南园中没有一棵青菜，青葱的树木，也成了光秃秃的枯条。诗的前四句在严冬萧索景色的衬托中，描出了一位贫士索寞的形象。严寒袭人，饥更来煎。诗人一生相依为命的酒，现在即使将空壶倾得再斜，也再已倒不出一滴来；民以食为天，但饭时已到，看着灶下，却烟火全消。逸兴已消，诗书虽堆案盈几，却疗不得饥寒，任它胡乱塞在座外，直至白日西倾，也无兴再去研读它。五至八句由寒及饥，由景及情，申足“岂不寒与饥”之意。至于日昃以后，将是又一个黄昏冬夜，如何驱遣，诗人未言，但读者不难想象。不过虽然饥寒，虽有不平，诗人仍不愿弃“故辙”而改素志；什么是诗人的精神慰安呢？末句答道：正依靠古来那许多高风亮节、守穷不阿的“穷士”啊。

此诗虽极写饥寒穷困，给人的印象却绝无后来孟郊、贾岛那样的寒俭相，而显出一种清癯孤洁的姿态，一种情怀深长的韵味。苏轼说陶诗“癯而实腴”，读此诗可有所解会。

此诗的这种姿态韵味，也得力于结构语言的自然浑成。试想，如果开首二句写寒后，紧接着就写饥，必会造成促迫穷俭之感。现在于写寒之后，垫二句写景，接写饥后，再续以二句诗书之事，这就使此诗虽写饥寒而有舒徐之态、书卷之气，加以“倾壶”“窥灶”之轻描淡写，“日昃”之后的言外之言，读来就感到仍有陶诗一贯的风行水上之致。而更可贵的是上述结构虽巧，却非刻意经营所得。坐于前轩下，自然会有望景之举，酒食无着后也自然会想到唯有书本为伴，但欲读之际，又忽意兴阑珊，更深一层表达了诗人的心境。从不经意处见出天机深杳，这是陶诗与其内容上的玄趣互为表里的艺术上的妙理，二妙并具，是后人所难以企及处。

20. 和刘柴桑[①]

山泽久见招，胡[②]事乃踌躇？
直为亲旧故，未忍言索居[③]。
良辰入奇怀，挈杖还西庐。
荒途无归人，时时见废墟。
茅茨[④]已就治，新畴复应畬[⑤]。
谷风[⑥]转凄薄，春醪解饥劬[⑦]。
弱女虽非男，慰情良胜无。
栖栖[⑧]世中事，岁月共相疏[⑨]。
耕织称其用，过此奚所须[⑩]。
去去[⑪]百年外，身名同翳如[⑫]。

---

①刘柴桑：刘程之，字仲思，曾为柴桑令，隐居庐山，自号“遗民”。

②胡：什么。

③索居：离群独居。

④茅茨：茅屋。

⑤畬（shē）：本指烧山而种的田地，这里是整治新田的意思。

⑥谷风：东风，指春风。

⑦醪（láo）：酒。饥劬（qú）：饥渴劳苦。劬，劳累，劳苦。

⑧栖（xī）栖：忙碌不安的样子。

⑨疏：长。

⑩奚：哪里。须：需要。

⑪去去：指岁月流逝。

⑫翳如：泯灭。

扫一扫，静静聆听

参考译文

久已招我隐庐山，为何犹豫仍不前？
只是为我亲友故，不忍离群心挂牵。
良辰美景入胸怀，持杖返回西庐间。
沿途荒芜甚凄凉，处处废墟无人烟。
简陋茅屋已修葺，还需治理新垦田。
东风寒意渐逼人，春酒解饥消疲倦。
薄酒虽不比佳酿，总胜无酒使心安。
世间之事多忙碌，我久与之相疏远。
耕田织布足自给，除此别无他心愿。
人生百岁终将逝，身毁名灭皆空然。

赏 析

刘柴桑，即刘程之，字仲思，彭城（今江苏徐州铜山区）人，曾做过柴桑县令，故称；入宋后隐居不仕，自号“遗民”。他与周续之、陶渊明被称为“浔阳三隐”。

晋安帝义熙十年（414）七月，庐山东林寺主持慧远等人结白莲社，刘程之为社中“十八贤”之一。他们招陶渊明入社，渊明不肯，此诗就是他写给刘程之的一首和诗。诗中以坦诚的态度，表明自己对躬耕足以自给、饮酒足以自慰的隐耕生活已经十分满足，且已把生死、身名等事置之度外，别无他求，因而不愿入庐山事佛。陶渊明时年 50 岁。

诗的前四句用问答的形式表白心迹，表明自己不愿离家人“索居”，皈依佛门。中间十句说，人生活在社会中既要考虑自己的义务和责任，还要想到自己的心灵与个性；当心灵负载过重时就会想摆脱束缚，回归自然。这些文字显得质朴自然，情感真挚。最后六句则是发表议论，感叹世情，既是对友人的安慰，也是自我排遣。诗中最后说：“去去百年外，身名同翳如”，表明自己不考虑所谓来生，不像刘柴桑离群索居、期待来生前往极乐世界。

这首诗让我们进一步理解了陶渊明的怀抱：既不求显达，也不入佛门，结庐人境，躬耕守拙，亲旧不遗。

酬[1]刘柴桑

［晋］陶渊明

穷居寡人用[2]，时忘四运周[3]。
门庭[4]多落叶，慨然知已秋。
新葵郁北牖[5]，嘉穟养南畴[6]。
今我不为乐，知有来岁不[7]？
命室携童弱[8]，良日登远游[9]。

---

①酬：答谢，酬答，这里是指以诗歌赠答。

②穷居：偏僻之住处。寡人用：少有人往来。

③四运：四时运行。周：周而复始，循环。

④门庭：门口和庭院。

⑤葵（kuí）：冬葵，一种蔬菜。郁：繁盛貌。牖：窗。

⑥嘉穟养南畴：南边田地育养的禾穗饱满。穟，通“穗”，稻子结的果实。

⑦不（fǒu）：通“否”。

⑧室：妻室。童弱：子侄等。

⑨登远游：实现远游。

赏析

本诗题为《酬刘柴桑》，但酬唱意味全无，全是自叙躬耕之事，自抒天伦之乐。从诗作背景来看，刘柴桑邀请陶渊明隐居庐山，渊明用此诗来回答拒绝邀请，题旨与《和刘柴桑》相同。

《酬刘柴桑》前两句“穷居寡人用，时忘四运周”说没有什么人与他来往，所以他有时竟然忘了四季的节序变化。然事实并非如此，诗人正是在知与不知中感受生命的意趣。“门庭多落叶，慨然知已秋。新葵郁北牖，嘉穟养南畴。今我不为乐，知有来岁不？命室携童弱，良日登远游。”此八句所写与前两句恰好相对，时忘四运与叶落知秋，多落叶与葵穗繁茂，甘心穷居与择日远游，此数者意象矛盾，却展现了时间的永恒性与生命的暂时性。由忘时乃知穷居孤寂落寞；而枝头飘然而至的落叶，乃知秋天的到来，生命的秋天亦在浑然不觉中悄悄来临；墙角的新葵、南畴的嘉穗，虽暂时茂盛繁荣却犹似生命的晚钟难得长久，从而暗示生命的荣盛行将不再。因此诗人在穷居忘时之际又察其生命飞逝，择良日作此远游折射出生命的亮色。“今我不为乐，知有来岁不?”一句没有对来岁未知的恐怖，但有尽享今朝的胸襟。诗人情绪的婉转之变与物的荣悴之态，不能忘世的感慨之忧与对生命的达观之乐，交织成多层次的意义。

诗中以隐居躬耕的自然乐趣和人生无常的道理来酬答刘柴桑，在淳朴祥和之中，诗篇流露着田园生活的乐趣。这首小诗共十句，虽然比较简短，然而它内容醇厚。在写法上也比较独特，撇开与对方问答一类的应酬话，只写自己的感受、抱负与游兴，显得十分洒脱别样。在遣词造句上，粗线条的勾勒，并着墨点染，使全诗呈现出古朴淡雅的风格，又洋溢着轻快明朗的感情。

21. 和郭主簿[①]（其一）

蔼蔼[②]堂前林，中夏[③]贮清阴。

凯风[④]因时来，回飙开我襟。

息交游闲业[⑤]，卧起弄书琴。

园蔬有余滋[⑥]，旧谷犹储今。

营己良有极[⑦]，过足非所钦[⑧]。

舂秫[⑨]作美酒，酒熟吾自斟。

弱子戏我侧，学语未成音。

此事真复乐，聊用忘华簪[⑩]。

遥遥望白云，怀古一何深。

---

①和郭主簿：原诗有两首，这是第一首。郭主簿，陶渊明好友，其事迹不详。

②藹藹：茂盛的样子。

③中夏：仲夏。

④凯风：南风。

⑤闲业：相对正业而言，指弹琴、读杂书等不急之务。

⑥滋：繁殖。

⑦营己：经营、谋划自己的生活。良：确实。极：限度。

⑧钦：羡慕。

⑨秫（shú）：黏稻。

⑩用：以。华簪：古时贵人所用的华贵发簪，代指富贵。

扫一扫，静静聆听

参考译文

堂前林木郁葱葱，仲夏积蓄清凉荫。
季候南风阵阵来，旋风吹开我衣襟。
离开官场操闲业，终日读书与弹琴。
园中蔬菜用不尽，往年陈谷存至今。
经营生活总有限，超过需求非所钦。
我用黏稻酿美酒，酒熟自斟还自饮。
幼子玩耍在身边，咿呀学语未正音。
生活纯真又欢乐，功名富贵似浮云。
遥望白云去悠悠，深深怀念古圣人。

赏 析

本诗描写仲夏季节田园生活的淳朴、悠闲，表现出诗人脱离官场之后轻松自得、怀安知足的乐趣。它所写的都是人们十分熟悉的日常生活，读来有一种亲切感。诗中的写景、叙事、抒情都紧扣一个“乐”字，有悠然自得之乐，有粮食盈仓之乐，还有家庭天伦之乐，总之，是一种隐逸恬淡之乐。景是乐景，事是乐事，构成了情景交融、物我浑成的意境。这种淳朴的真情非常动人，读者能从中体会到诗人返璞归真、陶然自得的心态。所以，生活气息浓郁、意境平和冲淡就构成了本诗最突出的特点。

其次，本诗的白描手法也有特色。如头两句中一个“贮”字，仿佛仲夏凉爽的树荫下贮有清泉，平淡中含着醇味，朴素中表现奇趣。又如“卧起弄书琴”的“琴”，本来十分普通，在这里却微妙地写出一种悠然自得、无拘无束的乐趣，又与上句相应。从这里，我们也可领会到诗的语言朴素无华，同样显示了诗人的本色。

和郭主簿（其二）

[晋] 陶渊明

和泽周三春[①]，清凉素秋节[②]。
露凝无游氛[③]，天高肃景澈[④]。
陵岑耸逸峰[⑤]，遥瞻皆奇绝。
芳菊开林耀[⑥]，青松冠岩列[⑦]。
怀此贞秀姿[⑧]，卓为霜下杰[⑨]。
衔觞念幽人[⑩]，千载抚尔诀[⑪]。
检素不获展[⑫]，厌厌竟良月[⑬]。

①和泽：雨水和顺。周：遍。三春：春季三个月。

②素秋：秋季。素，白。古人以五色配五方，西尚白；秋行于西，故曰素秋。（见《礼记·月令》）

③露凝：露水凝结为霜。游氛：飘游的云气。

④肃景：秋景。《汉书·礼乐志》：“秋气肃杀。”澈：清澈，明净。

⑤陵：大土山。岑（cén）：小而高的山。逸峰：姿态超迈的奇峰。

⑥开：开放。耀：耀眼；增辉。

⑦冠岩列：在山岩的高处排列成行。

⑧贞秀姿：坚贞秀美的姿态。

⑨卓：直立。此处有独立不群意。霜下杰：谓松菊坚贞，不畏霜寒。

⑩衔觞：指饮酒。幽人：指古代的隐士。

⑪抚尔诀：坚守你们的节操。抚，保持。尔，你们。诀，法则，原则，引申为节操。

⑫检素：检点素志；回顾本心。展：施展。

⑬厌厌：精神不振的样子。竟：终。良月：指十月。《左传·庄公十六年》：“使以十月入，曰：‘良月也，就盈数焉。’”

赏析

《和郭主簿》共两首，两诗内容有别，主旨各异，写法不同。

第一首通过对仲夏时节闲适生活的描述，表达了诗人安贫乐道、恬淡自甘的心境。通篇展现的都是人们习见熟知的日常生活，无论写景、叙事、抒情，都无不紧扣一个“乐”字。读者仿佛随着诗人的笔端走进那宁静、清幽的村庄，领略那繁木林荫之下凉风吹襟的惬意，聆听那琅琅的书声和悠然的琴韵，看到小康和谐的农家、自斟自酌的酒翁和那父子嬉戏的乐趣，并体会到诗人返璞归真、陶然自得的心态。

第二首主要写秋色。写秋色而能独辟蹊径，一反前人肃杀凄凉的悲秋传统，却赞赏它的清澈秀雅、灿烂奇绝，乃是此诗具有开创性的一大特征。首句不写秋景，却写春雨之多，说今春调和的雨水（和泽）不断，遍及了整个春季三月。这一方面是《诗经》中“兴”的手法的继承，另一方面又把多雨的春和肃爽的秋作一对比，令人觉得下文描绘的清秀奇绝的秋色，大有胜过春光之意。往下即具体写秋景的清凉素雅，赞美秋菊、青松。

善于在景物的写实中兼用比兴象征手法，寄寓强烈的主体情感，是第二首诗的又一显著特征。写秋景的清凉澄澈，象征着幽人和诗人清廉纯洁的品质；写陵岑逸峰的奇绝，象征着诗人和幽人傲岸不屈的精神；写芳菊、青松的贞秀，象征着幽人和诗人卓异于流俗的节操。从外在联系看，以秋景起兴怀念幽人，又从幽人而反省自身，完全顺理成章；从内在联系看，露凝、景澈、陵岑、逸峰、芳菊、青松等意象，又无不象征着“幽人”的种种品质节操，无不寄寓着诗人审美的主体意识，真是物我融一，妙合无痕。而在幽人的精神品质中，又体现了诗人的精神品质；但“有怀莫展”之叹，又与那种浑身静穆的“幽人”不同。

22. 赠羊长史[①]（并序）

左军[②]羊长史，衔使秦川[③]，作此与之。

愚生三季后[④]，慨然念黄虞[⑤]。
得知千载上，正赖古人书。
圣贤留余迹，事事在中都[⑥]。
岂忘游心目[⑦]？关河[⑧]不可逾。
九域甫已一[⑨]，逝将理舟舆[⑩]。
闻君当先迈，负疴不获俱。
路若经商山[⑪]，为我少踌躇。
多谢绮与角，精爽[⑫]今何如？
紫芝[⑬]谁复采？深谷久应芜。
驷马无贳患[⑭]，贫贱有交娱。
清谣[⑮]结心曲，人乖运见疏[⑯]。
拥怀累代下[⑰]，言尽意不舒。

①羊长史：名松龄，陶渊明的朋友，时任江州刺史、左将军檀韶的长史，奉使去关中贺在北伐中取胜的刘裕。

②左军：左将军檀韶。

③衔使：奉命出使。秦川：今陕西一带。

④三季：指夏、商、周三代。

⑤黄虞：指黄帝、虞舜。

⑥中都：指洛阳、长安一带。

⑦游心目：放眼观望，舒展心怀。

⑧关河：边关的山河。

⑨九域：九州，指天下。甫：刚，才。一：统一。

⑩逝：通“誓”。理：整顿。舟舆：车船。

⑪商山：指秦汉之际的绮里季、角里等“商山四皓”隐居之地。参见《桃花源记（并诗）》注⑯。

⑫精爽：精神，魂魄。

⑬紫芝：一种真菌，古人以为是瑞草。

⑭驷马：指四匹马拉的车。贳（shì）患：免除祸患的意思。

⑮清谣：指“商山四皓”坚辞汉高祖刘邦所授官职时作的《紫芝歌》：“莫莫高山，深谷逶迤。晔晔紫芝，可以疗饥。唐虞世远，吾

将何归？驷马高盖，其忧甚大。富贵之畏人兮，不若贫贱之肆志。”

⑯乖：违背，不协调。疏：疏远。

⑰拥怀：有感。累代：接连几代。

扫一扫，静静聆听

参考译文

左将军长史羊松龄奉命出使秦川，我作此诗赠给他。

我处三代衰微后，古之盛世我思慕。
了解千年以前事，全靠阅读古人书。
古代圣贤留遗迹，桩桩都在中州处。
岂能忘记去瞻仰？无奈山河远隔阻。
九州今始定一统，我将整装登征途。
听说你先奉命去，我今抱病难同赴。
如果路途经商山，请你为我稍驻足。
多谢商山贤四皓，未知精魂今何如？
紫芝有谁还在采？深谷应是久荒芜。
仕途难免遭祸患，岂如贫贱多欢娱？
四皓歌谣记心内，不见古人叹命苦。
数代之下怀感慨，言不尽意难倾诉。

赏析

本诗念古伤今，表现诗人的政治态度和对时局的感慨，并婉劝友人不要趋炎附势。

前八句从“千载外”说起，说自己生活在夏、商、周三代之后，只有从古书中知道一些有关黄帝、虞舜时代的事，感慨那时风俗淳朴平和。言外之意是三代之后欺诈虚伪、篡权争利之风日盛。这实际上是对刘裕在安帝义熙十二年（416）北伐消灭后秦国，收复古都长安、洛阳之后图谋篡位的隐隐嘲讽。中间四句才转入赠别，说自己“负疴”而不与羊长史同行。“路若经商山”八句是赠诗的主旨，诗人流露出自己有心追随绮里季、角里先生那样的贤人，也示意友人要远慕前贤，不要误入趋炎附势者的行列。这是对友人的警示，也是忠告。末尾四句再次提到“清谣”（即《紫芝歌》），抒发自己对时世的感慨，也示意友人从文字之外去理解诗人的心意。

本诗虽从远处落笔，却紧扣正意，逐渐引入并突出赠别的主旨，手法极其高妙，因而成为陶渊明赠答诗中的名篇。

与殷晋安[1]别（并序）

［晋］陶渊明

殷先作晋安南府长史掾[2]，因居浔阳[3]，后作太尉[4]参军，移家东下[5]。作此以赠。

游好[6]非少长，一遇尽殷勤[7]。
信宿酬清话[8]，益复[9]知为亲。
去岁家南里[10]，薄作少时邻[11]。
负杖肆游从[12]，淹留忘宵晨[13]。
语默自殊势[14]，亦知当乖分[15]。
未谓事已及[16]，兴言在兹春[17]。
飘飘西来风，悠悠东去云[18]。
山川千里外，言笑难为因[19]。
良才[20]不隐世，江湖多贱贫[21]。

脱[22]有经过便，念来存故人[23]。

---

①殷晋安：殷铁，字景仁，陈郡长平（今河南省西华县）人，累官至侍中、尚书仆射、中书令。

②南府：晋安郡分设的南郡。长史掾（yuàn）：郡丞的书记。长史指郡丞；掾是掌书记之职。

③因居浔阳：晋安郡地处偏僻的南端，殷景仁就把家小安置在浔阳（在今江西九江市）。

④太尉：官名，指刘裕。

⑤东下：由浔阳去建康，沿江东下。

⑥游好：谓交游、相好。

⑦尽：极。殷勤：情意恳切深厚。

⑧信宿：连宿两夜。《左传·庄公三年》有“一宿为舍，再宿为信，过信为次”之句。酬：应答，交谈。清话：犹清谈，谓无世俗之谈。

⑨益复：更加。

⑩去岁：指义熙六年（410）。南里：南村。诗人于去岁迁居于此。

⑪薄：句首助词，无义。少：短。

⑫负杖：持杖。负，凭恃。肆：肆意，适意，纵情，任情。游从：相伴而游。“肆游从”是说整个身心都沉浸在游从的快乐之中。

⑬淹留：久留，指流连忘返。忘宵晨：谓无宵无晨，不分昼夜，指终日逍遥游乐，忘掉一切。宵，夜。

⑭语默：说话与沉默，代指仕与隐。《周易·系辞》："君子之道，或出或处，或默或语。"殊势：地位不同。

⑮乖分：分离。

⑯未谓：没有想到。谓，以为。事：指分离之事。及：到，来临。

⑰兴：起，动身。言：语助词，无义。这两句是说，没有想到离别的事就来了，（您）在今年春天就动身。

⑱"飘飘"两句：比喻殷景仁的离去。

⑲难为因：难得有因由。因，因缘，机会。这一句是说，难有机会在一起谈笑了。

⑳良才：指殷景仁。

㉑江湖：指隐居于江湖。贱贫：作者自指。

㉒脱：倘或，假如。

㉓念：盼望的意思。存：存问，探望。故人：老朋友，作者自指。

赏析

后之学者对于陶渊明赠答酬和之作所论甚少，其实这类作品中，也有不少绚烂多姿、光彩夺目的佳篇，《与殷晋安别（并序）》及《赠羊长史（并序）》便是其中的代表。

两诗均有诗前小序，点明写作背景，从序中看出，殷晋安和羊松龄都是仕子，殷晋安担任太尉刘裕的参军，羊松龄任左军长史，前往关中恭贺刘裕伐秦攻破长安。

两诗均为离别赠答之作，但《赠羊长史（并序）》虽为赠别诗而无惜别之意，全从自己方面下笔，抒发怀古隐者之情，表明自己的心迹，有对羊松龄进行劝诫之意，因为陶渊明已看出刘裕篡晋的野心。《与殷晋安别（并序）》则有浓浓的离别之情："山川千里外，言笑难为因"。殷晋安东下，"相去悠且长"，诗人怀念之情，溢于言表。

之所以有此区别，恐怕还在于殷、羊二人本身的人生追求及与陶渊明交情的深浅有异吧。

《与殷晋安别（并序）》开头八句交代了与殷晋安交往、比邻的友谊。在写交往的时候，"一"与"尽"相连，"信宿"与"益复"相应，充分展示了一见如故、日益亲密的情景。殷晋安"口不谈义，深达理体"（《宋书·殷景仁传》），二人谈话内容很可能与清净闲适相关，而与功名利禄绝缘。

“语默自殊势，亦知当乖分”，两人一个归隐，一个升迁，分离是必然的。“乖分”明写交往上的分离，暗示人生道路上的分歧，用得何等率真，表现了诗人坦荡的胸襟与质朴的诗风。

诗的最后“脱有经过便，念来存故人”两句，盼望故人便时来访。这不仅是对殷晋安的叮嘱，也是自我真情的吐露，更是势殊而情深的表现。这一结尾，言尽而意不尽，有如曲终而余音袅袅，韵味无穷。

23. 怨诗楚调示庞主簿邓治中[①]

天道幽且远，鬼神茫昧[②]然。
结发[③]念善事，僶俛六九年[④]。
弱冠逢世阻[⑤]，始室丧其偏[⑥]。
炎火[⑦]屡焚如，螟蜮恣中田[⑧]。
风雨纵横至，收敛不盈廛[⑨]。
夏日长抱饥，寒夜无被眠。
造[⑩]夕思鸡鸣，及晨愿乌迁[⑪]。
在己何怨天，离[⑫]忧凄目前。
吁嗟身后名，于我若浮烟。
慷慨独悲歌，钟期信为贤[⑬]。

---

①怨诗楚调：汉乐府“楚调曲”有《怨诗行》，本诗模仿其诗体。庞主簿：名遵，作者的友人。主簿，府县掌管文书簿籍的官员。邓治中：事迹不详。治中，州郡掌管各办事部门文书的官员。

②茫昧：渺茫隐幽。

③结发：古时男子20岁举行冠礼，开始束发戴头巾。这里指青年时。

④僶俛（mǐnmiǎn）：勉力，努力。六九年：54岁。

⑤弱冠：古时男子20岁行冠礼，意味着成人了，但身体还未壮实，所以称弱冠。阻：险阻。

⑥始室：据《礼记》，古人认为男子30岁才结婚成家，这里指30岁左右。丧其偏：这里指丧妻。

⑦炎火：指旱灾时阳光酷热像火一样。

⑧恣中田：在田中恣意为害。

⑨盈廛（chán）：满屋子。廛，一户人的房屋、田产。

⑩造：至。

⑪乌迁：指太阳落山。乌，指太阳。传说中称太阳为金乌。

⑫离：通“罹”，遭遇。

⑬钟期：钟子期，与俞伯牙是千古传诵的“知音”典范。据《列子》记载，他能从俞伯牙的琴声中听懂其意。这里指庞、邓二人。信：确实。

扫一扫，静静聆听

参考译文

天道幽深而玄远，鬼神之事渺难算。

年少已知心向善，五十四岁犹勤勉。

二十岁上遭时乱，三十丧妻我独鳏。

旱天烈日似火烧，害虫肆虐在田间。

风雨交加来势猛，收获不足纳税钱。

夏日缺粮长饥饿，冬夜无被受冻寒；

夜幕降临盼天亮，日出却愿日落山。

我命自苦难怨天，遭受忧患心熬煎。

死后名声何足叹，在我视之如云烟。

慷慨悲歌孤独心，唯有知音晓哀怨。

赏析

这是陶渊明仿照汉乐府《怨诗》的样式写给自己朋友的一首诗。根据诗中“僶俛六九年”句，知此诗是作于诗人54岁，当时为晋安帝义熙十四年(418)。前一年秋天，东晋军队克后秦进入长安，主帅刘裕12月返建康。诗人的爱国热望幻灭。义熙十四年六月，刘裕称宋公，加九锡。至此，刘裕伐后秦以为篡晋准备的内情大白。当年诗人被征著作佐郎，不就。在生活上，粮酒常绝，困苦颠踬。

本诗诗题中标明是“怨诗”，篇末又说是“悲歌”，所写都应是哀伤的事情。但诗中又说“在己何怨天”，似乎诗人心中无怨。其实从诗人归隐至今13年，已经54岁了，真是一生忧患，无所不怨，所以在老友面前吐露心迹，情韵凄婉。

至于怎样诉说自己的悲怨，本诗真是章法奇幻。它以愤激开头，再叙述平生多艰的情状。政治悲剧上着墨不多，而生活悲剧则写得很有层次，写尽了饥寒交迫中的无可奈何，其中“夏日长抱饥”四句写得惊心动魄，是诗中的佳句，前人从没有这样表现过自己的心理。

本诗选材谨慎，所写之事都有助于深化主题，增强气氛；对材料的取舍有详有略，有浓有淡，疏密相间，虚实结合。语言也质朴自然。

乞食

［晋］陶渊明

饥来驱我去[1]，不知竟何之[2]。
行行至斯里[3]，叩门拙言辞[4]。
主人解余意[5]，遗赠岂虚来[6]。
谈谐[7]终日夕，觞至辄倾杯[8]。
情欣新知[9]欢，言咏遂赋诗。
感子漂母惠[10]，愧我非韩才[11]。
衔戢[12]知何谢，冥报以相贻[13]。

①驱我去：逼迫我走出家门。

②竟：究竟。何之：往何处去。之，往。

③斯：这。里：居民聚居的地方，指村里。

④拙言辞：拙于言辞，不知该怎么说才好。这里表现一种羞于启齿、欲言又止的复杂心理活动。

⑤解余意：理解我的来意。

⑥遗（wèi）：赠送。岂虚来：哪能让你（指诗人）白跑一趟。

⑦谈谐：彼此谈话投机。

⑧觞至辄倾杯：每次进酒总是一饮而尽。觞，进酒劝饮。

⑨新知：新交的朋友。

⑩感：感激。子：对人的尊称。漂母惠：像漂母那样的恩惠。漂母，在水边洗衣服的妇女。事见《史记·淮阴侯列传》，当年韩信在城下钓鱼，有位漂母怜他饥饿，给他饭吃，韩信发誓日后报答此恩。后来韩信帮助刘邦灭了项羽，被封为楚王，果然派人找到那位漂母，赠以千金。

⑪非韩才：没有韩信的才能。

⑫衔戢（jí）：谓敛藏于心，表示衷心感激。衔，马勒于口，勒不会掉落，意为永远不忘。戢，收藏。

⑬冥报：谓死后在幽冥中报答，这是古人表示日后重报的说法，非关迷信与否。冥，幽暗，死者神魂所居。贻：赠送。

赏析

在《怨诗楚调示庞主簿邓治中》里，50多岁的陶渊明生活极其困苦。随着时间的推移，年老体衰的诗人竟沦落到乞讨果腹的悲惨境地。这首《乞食》作于南朝宋文帝元嘉三年（426），讲述的是年逾花甲的陶渊明饥寒困顿，而又赶上灾年，不得不向人乞食的真实经历。

“饥来驱我去，不知竟何之”二句直写出为饥饿所逼迫，不得不去乞食的痛苦情形和惶遽心态，诗人自己也不知该往何处去才是。不期然地走到了一处村里。由此可见，虽然“不知竟何之”，但下意识中，终究还是有其人的。此人当然应是一可求之人。尽管如此，敲开门后，自己还是口讷辞拙。“主人解余意，遗赠岂虚来。”主人见渊明此时的饥色和窘迫，立刻拿出粮食相赠，不仅急人之难，而且善体人情。他殷勤挽留诗人坐下相谈，开怀畅饮。最后四句，正面表达感激之情，是全诗的主旨。“衔戢知何谢，冥报以相贻。”“冥报”之语，表达的是至深至高的感激之情。

全幅诗篇语言平淡无华，却散发着人性美丽的光辉。主人急人之难，诗人感恩图报，皆至性真情，自然呈露，光彩照人。这是两种高尚人格的对话与相照。

《乞食》一诗，是陶渊明躬耕生涯的一种写照，至为真实，亦至为感人。这首诗不仅比较真实地反映了陶渊明晚年贫困生活的一个侧面，而且也真实地反映出陶渊明朴拙率真的个性。

24. 咏贫士（其一）

万族①各有托，孤云独无依。
暧暧空中灭，何时见余晖？
朝霞开宿雾，众鸟相与飞。
迟迟出林翮②，未夕复来归。
量力守故辙③，岂不寒与饥？
知音苟不存，已矣何所悲。

---

①万族：万类，万物。

②翮（hé）：本义为羽毛中的硬管，这里代指鸟。

③故辙：平素的生活道路，指安贫隐居。

扫一扫，静静聆听

参考译文

万物各皆有倚靠，孤云飘荡独无依。
昏昏消散灭空中，何日才能见光辉？
朝霞驱散夜间雾，众鸟匆匆结伴飞。
孤鸟迟迟出树林，太阳未落又飞归。
量力而行守旧道，哪能不苦受寒饥？
知音如果不存在，万事皆休何必悲！

赏 析

《咏贫士》是组诗，共七首，各诗相对独立，而又有机结合成一整体。一、二首为七首之纲，第一首写自己高洁孤独，抱穷归隐；第二首叙自己贫困萧索之状和不平怀抱，而以“何以慰我怀，赖古多此贤”启以下五首分咏历代贫士操行妙理，第七首末云“谁云固穷难，邈哉此前修”，呼应二首之末，表达自己远鉴前修，将固穷守节以绍高风的志向。

这是第一首，诗意含蓄，但还是可以看出它写自己高洁孤独、抱穷归隐。

前四句写黄昏的景象，用的是比兴手法，把贫士比作“孤云”，很有新意，也很贴切；又把“孤云”与“万族”对照，表示对贫士命运的同情。中间四句写早晨的景象，情景交融。这两层意思都是诗人自况。末四句抒情，是对人生历程的反思，表示无悔于归隐而穷，没有什么可悲的。其实，满腹悲苦尽在不言中。

从结构看，本诗天成而巧妙，从黄昏至早晨是顺写，由垂老而反思中年是回顾，二者相向而行，见出婉转情思。语言质朴而表现力强，两处叠词尤其突出。

咏贫士（其四）

［晋］陶渊明

安贫守贱者，自古有黔娄[①]。
好爵吾不荣，厚馈吾不酬[②]。
一旦寿命尽，弊服仍不周[③]。
岂不知其极，非道故无忧[④]。
从来将千载，未复见斯俦[⑤]。
朝与仁义生，夕死复何求[⑥]。

---

①黔娄：战国时齐国的隐士。齐、鲁的国君请他出来做官，他总不肯。家中甚贫，死时衾不蔽体。他的妻子和他一样“乐贫行道”。见刘向《列女传》、皇甫谧《高士传》。

②好爵：指高官。厚馈（kuì）：丰厚的馈赠。不酬：不理睬、不接受。酬，应对。《高士传》说：黔娄“修身清节，不求进于诸侯，鲁恭公闻其贤，遣使致礼，赐粟三千钟，欲以为相，辞不受。齐王又礼之，以黄金百斤聘为卿，又不就”。

③弊服仍不周：破衣被盖不住尸身。《列女传·黔娄妻传》：黔娄死，“曾子与门人往吊之。其妻出户，曾子吊之。上堂，见先生之尸在牖下，枕墼席稿，缊袍不表。覆以布被，手足不尽敛，覆头则足见，覆足则头见。”

④极：指穷困到了极点。非道故无忧：与道无关的事情是不值得忧虑的。此句化用《论语·卫灵公》“君子忧道不忧贫”句意，谓不为贫穷而忧虑。

⑤从来：从此以后，指自黔娄死后。复：再。斯俦：这类人物。俦，类。

⑥朝与仁义生，夕死复何求：这两句用《论语·里仁》“朝闻道，夕死可矣”之意，表示安贫守道的决心至死不渝。

赏析

这首诗咏赞古代贫士黔娄，借以表现诗人安贫守道的节操。

汉代刘向《烈女传·贤明传·鲁黔娄妻传》载：

春秋鲁人黔娄死后，“曾子与门人往吊之。其妻出户，曾子吊之。上堂，见先生之尸在牖下，枕墼席稿，缊袍不表。覆以布被，手足不尽敛。覆头则足见，覆足则头见。曾子曰：‘斜引其被则敛矣。’黔妻曰：‘斜而有余，不如正而不足也。’……其妻曰：‘昔先生君尝欲授之政，以为国相，辞而不为，是有余贵也。君尝赐之粟三十钟，先生辞而不受，是有余富也。彼先生者，甘天下之淡味，安天下之卑位。不戚戚于贫贱，不忻忻于富贵。求仁而得仁，求义而得义。’”后来，“黔娄”成了贫士的代称，而“黔娄妻”则指安贫乐道的贤德之妻。

在这首诗里，陶渊明似乎不仅是要以诗歌的形式将家贫又不肯出仕之隐士黔娄的故事复述一遍，还让人们在品读之中仿佛感到，黔娄的形象与诗人陶渊明的形象彼此交替、难分彼此、融为一体。此诗专咏黔娄，这是陶渊明对安贫乐道的黔娄之辈的敬仰崇拜，因为“朝与仁义生，夕死复何求”业已成为陶渊明的精神信仰。

25. 咏荆轲[1]

燕丹[2]善养士，志在报强嬴[3]。
招集百夫良[4]，岁暮得荆卿[5]。
君子死知己[6]，提剑出燕京。
素骥鸣广陌[7]，慷慨送我行。
雄发指危冠[8]，猛气冲长缨[9]。
饮饯易水[10]上，四座列群英。
渐离击悲筑[11]，宋意[12]唱高声。
萧萧哀风逝，淡淡寒波生。
商音[13]更流涕，羽奏壮士惊。
心知去不归，且有后世名。
登车何时[14]顾？飞盖[15]入秦庭。
凌厉[16]越万里，逶迤过千城。
图穷事自至[17]，豪主正怔营[18]。
惜哉剑术疏[19]，奇功遂不成。
其人虽已没，千载有余情。

①荆轲：战国末齐国人，著名侠客，后到燕国，为燕太子丹去秦国行刺秦王，事败被杀。

②燕丹：燕太子丹。

③报：报仇。嬴：指秦国。嬴是秦的姓。

④百夫良：百里选一的杰出人物，这里指勇士。

⑤荆卿：荆轲，到燕国后得此称呼。

⑥死知己：为知己者死。

⑦素骥：白马。广陌：大道。

⑧危冠：高帽。

⑨缨：系帽子的丝带。

⑩易水：在今河北易县西。

⑪渐离：姓高，燕国人，荆轲的好友，很会击筑。筑：古时一种与筝相似的13根弦的乐器，用竹敲击。

⑫宋意：燕国勇士。

⑬商音：古时音调名，比较凄凉。古时音调分宫、商、角、徵(zhǐ)、羽5种，羽音比较慷慨。

⑭何时：何曾。

⑮飞盖：形容车子飞驰而去。盖，车盖。

⑯凌厉：勇往直前的样子。

⑰图穷：所献的地图展开到了尽头。事：行刺的事。自至：自然就

出现了。

⑱豪主：指秦王。怔营：惊慌的样子。

⑲疏：疏陋。

扫一扫，静静聆听

参考译文

燕国太子喜欢收养门客，

目的是对秦国报仇雪恨。

他到处召集超群的勇士，

这一年底招募到了荆卿。

君子重义气为知己而死，

荆轲仗剑就要辞别燕京。

白色骏马在大路上嘶鸣，

众人意气激昂为他送行。

个个同仇敌忾怒发冲冠，

勇猛之气似要冲断帽缨。

易水边摆下盛大饯别宴，

就座的都是燕国的精英。

渐离击筑筑声慷慨悲壮，

宋意唱歌歌声响遏行云。

座席中吹过萧萧的哀风，

水面上漾起淡淡的波纹。

唱到商音听者无不流泪，

奏到羽音荆轲格外惊心。
他明知这一去不再回返，
留下的姓名将万古长存。
登车而去何曾有所眷顾，
飞车直驰那秦国的殿廷。
勇往直前行程超过万里，
曲折行进所经何止千城。
翻完地图忽地现出匕首，
秦王一见不由胆战心惊。
只可惜他剑术尚欠精湛，
盖世奇功竟然没能建成。
荆轲其人虽然早已消逝，
千载还回荡着他的豪情。

赏析

《咏荆轲》是陶渊明创作的一首借史咏怀、托古言志的咏史诗。此诗以极大的热情歌颂了荆轲刺秦王的壮举，充分地表现了诗人对黑暗政治、强暴势力的憎恶和铲强除暴的愿望。此诗写得笔墨淋漓、慷慨悲壮，在以平淡著称的陶诗中别具一格。这是一首悲壮的咏史诗，抒写了诗人的悲愤和豪情。

它从容不迫地叙述了荆轲刺秦王的全过程，又注意主次，突出了荆轲的英姿和易水送别这个重点，因而意旨显豁、主题鲜明。本诗与一般叙事诗不同，人物没有语言，人物的行动也是粗线条的，主要是通过环境气氛的渲染来烘托人物之神。烘托部分是实笔，而人物本身往往是虚笔，如送别场面就是全诗的高潮。

本诗写秦及秦王突出其强暴，对燕太子丹突出其报嬴之志，对荆轲则突出其铲强锄暴的精神，三者相互映衬，旨在突出锄暴。末尾四句诗人发表了议论，惋惜荆轲奇功不成，并表达对他的崇敬。

咏史八首（其六）

［西晋］左思

荆轲饮燕市，酒酣气益震[1]。
哀歌和[2]渐离，谓若[3]傍无人。
虽无壮士节[4]，与世亦殊伦[5]。
高眄邈[6]四海，豪右[7]何足陈。
贵者虽自贵，视之若埃尘。
贱者虽自贱，重之若千钧[8]。

---

①酒酣：喝酒喝到尽兴畅快时。气益震：气冲牛斗。

②和（hè）：一人唱，一人随着唱。比喻互相配合，互相响应。

③谓若：可谓；可以说；好像是说。

④虽无壮士节：此时荆轲还未做刺秦王的壮举，还未表示出壮士的气节。

⑤殊：不同于。伦：类。

⑥邈：通“藐”（miǎo），藐视。

⑦豪右：豪门贵族。

⑧最后四句意思为：豪门贵族自以为贵，但在荆轲看来却如埃尘；那些有才学而出身寒门的人，虽然因贫寒自以为贱，但在荆轲心里却重千钧。

赏析

左思，西晋文学家，字太冲，临淄人。少时曾学书法鼓琴，皆不成。后来由于父亲的激励，乃发愤勤学。左思貌丑口讷，不好交游，但辞藻壮丽，曾用一年时间写成《齐都赋》（已佚失）。《三都赋》与《咏史》诗是其代表作。

《咏史八首》是左思创作的一组咏史诗。名为咏史，实为咏怀，借古人古事来浇诗人心中之块垒。组诗以深厚的社会内容，熔铸着左思的平生理想，在其创作历史上占有特殊的地位。

诗人通过咏荆轲豪气冲天、傲视天下的英雄气概，来抒发自己的豪情。他借咏荆轲表明自己对豪门贵族的鄙视。虽然自己出身寒门，怀才不遇，抱负难展，但他并不消沉，而是非常自信、自豪、不失志。

和陶渊明的《咏荆轲》相比，本诗侧重赞美荆轲的英雄傲气，表明自己对豪门贵族的鄙视，对荆轲刺秦一事并未做出叙述评价；陶诗则生动记叙了荆轲刺秦的全过程，突出荆轲的悲壮英雄形象，是陶诗中少见的豪情干云的诗篇。

26. 拟古（其一）

荣荣[①]窗下兰，密密堂前柳。
初与君别时，不谓行当久。
出门万里客，中道逢嘉友。
未言心先醉，不在接杯酒。
兰枯柳亦衰，遂令此言负。
多谢[②]诸少年，相知不忠厚。
意气倾人命[③]，离隔复何有？

---

①荣荣：形容花朵茂盛。

②谢：告诉。

③倾人命：这里是不惜性命的意思。倾，覆。

扫一扫，静静聆听

参考译文

茂盛幽兰在窗下，依依垂柳在堂前。
当初与你告别时，未讲此行很久远。
出门万里客他乡，半道交朋结新欢。
一见倾心似迷醉，未曾饮酒尽言谈。
幽兰枯萎垂柳衰，背信之人违誓言。
告诫世间青少年，相知未必心不变。
你为情谊愿献身，他将你弃无情感。

赏 析

《拟古》共九首，这是第一首。拟古，就是模拟古人，具体地说是模拟汉魏古诗。这些诗写在晋宋易代以后，诗人归田已有 10 多年，有很多兴亡治乱的感慨，但又难以明言，就用“拟古”的方式表明心迹。追慕和讴歌节义是其中的一个内容，本诗就是如此。

正因为诗人有许多难言之隐，所以这组诗的艺术手法比较隐曲，有别于陶诗朴素自然的风格。本诗通过“君”出游负约，远行不归的事，感叹当时一些人轻率相交、不守信义。它用比兴开头。头两句中的兰和柳都不是正面写景，目的在于引出下文。“君”就是诗人谴责的游子，他出门以后一遇新交就一见倾心，对方还没有开口说话他的心就醉了，可见已经完全把过去的情义抛在一边。“兰枯柳亦衰”不仅照应了开头，还比喻时间的消逝，以及守约女子的心情，然后就说到游子负约。这女子是强调“忠厚”的，所以诗的末尾，她告诉时下的年轻人，只凭一时意气的相交是没有深刻意义的，这也是诗人要表达的意思。

明月皎夜光

[汉] 佚名

明月皎夜光[①]，促织[②]鸣东壁。
玉衡指孟冬[③]，众星何历历[④]。
白露沾野草，时节忽复易[⑤]。
秋蝉鸣树间，玄鸟逝安适[⑥]。
昔我同门友，高举振六翮[⑦]。
不念携手好[⑧]，弃我如遗迹[⑨]。
南箕北有斗[⑩]，牵牛不负轭[⑪]。
良无磐石固[⑫]，虚名复何益。

①皎夜光：犹言明夜光。

②促织：蟋蟀的别名。一作“趣织”。

③玉衡：指北斗七星中的第五星。孟冬：本指冬季的第一个月，此处指方位。玉衡星已经指向孟冬亥宫之方向——西北方，时已过夜半。

④历历：逐个的意思，众星行列分明的样子。

⑤忽：本义为不重视、忽略，这里用引申义，急速、突然的意思。易：变换。

⑥玄鸟：燕子。安适：往什么地方去？燕子是候鸟，春天北来，秋时南飞。这句是说天凉了，燕子又要飞往什么地方去了？

⑦翮：本义为羽毛中间的硬管，指禽鸟的尾羽或翼羽中那些大而硬的角质空心的羽轴。据说善飞的鸟有六根健劲的羽茎，故曰“六翮”。这里泛指鸟的翅膀。

⑧携手好：指共患难的友谊。

⑨弃我如遗迹：就像行人遗弃脚印一样抛弃了我。

⑩南箕（jī）：星名，形似簸箕。北有斗：北斗，星名，形似斗（酌酒器）。

⑪牵牛：指牵牛星。轭：车辕前横木，牛拉车则负轭。“不负轭”是说不拉车。

⑫良：的确。磐石：特大石，用以象征坚定不移的感情。

赏析

《明月皎夜光》和《拟古》（其一）都是感叹友情难以持久。相较而言，《明月皎夜光》感情更激烈更直白，而陶渊明的《拟古》（其一）则更显含蓄。

《明月皎夜光》前八句从描述秋夜之景入笔，抒发诗人月下徘徊的哀伤之情；然后揭示心烦意乱、夜不能寐的原因：“昔我同门友，高举振六翮”。曾经诗人相信，“同门”好友将会从青云间垂下手来，提携自己一把。但事实却大大出乎诗人预料，他竟然在平步青云之际，把自己留置身后而不屑一顾了。“不念携手好，弃我如遗迹”，这毫不经意中运用的妙喻，不仅入木三分地刻画了同门好友“一阔脸就变”的卑劣之态，同时又表露诗人那不谙世态炎凉的无比惊讶、悲愤和不平。

当诗人带着被抛弃的余愤仰望星空时，偏偏又瞥见名为“箕星”“斗星”和“牵牛”的星座。诗人顿时生出一股无名的怨气，指点着这些星座大声责问起来：“南箕北有斗，牵牛不负轭！”借此比喻朋友的有虚名无实用。

诗歌最后写道：“良无磐石固，虚名复何益。”想到当年友人怎样信誓旦旦，声称同门之谊“坚如磐石”，可而今“同门”虚名犹存，“磐石”一样的友情再也没有了。诗人终于仰天长叹，以悲愤的感慨收束全诗。这叹息和感慨，包含了诗人被炎凉世态所欺骗、所愚弄的无比伤痛和悲哀。

27. 拟古（其三）

仲春遘时雨[①]，始雷发东隅[②]。
众蛰各潜骇[③]，草木纵横舒[④]。
翩翩新来燕，双双入我庐。
先巢故尚在，相将[⑤]还旧居。
自从分别来，门庭日荒芜。
我心固匪[⑥]石，君情定何如？

---

①仲春：农历二月。遘（gòu）：逢。

②东隅：东边。古人认为春神东皇住在东方。

③蛰（zhé）：动物冬眠，这里指冬眠的虫。潜：指藏在地下。

④舒：伸展。

⑤相将：偕同，一道。

⑥匪：通“非”。

扫一扫，静静聆听

参考译文

二月喜逢春时雨，春雷阵阵发东边。
冬眠动物皆惊醒，草木润泽得舒展。
轻快飞翔春燕归，双双入我屋里边。
故巢依旧还存在，相伴相随把家还。
你我自从分别来，门庭日渐荒草蔓。
我心坚定不改变，君意未知将何如？

赏　析

本诗用委婉含蓄的笔触和朴素无华的语言抒发诗人的感受，写得曲折缠绵。写新燕临门之喜，妙趣横生，充满着浓郁醉人的春的气息。燕子的形象可以看作是诗人理想人格的化身，象征他的倔强性格、十分严肃的人生态度和非常坚卓的品节。末尾四句通过与燕子的对话，托出自己坚守节义、襟怀坦荡的本意。“我心固匪石”用了《诗经·邶风·柏舟》“我心匪石，不可转也”的意思，既有力度又有深度，喻指诗人坚贞不渝的品节。

这首诗借助一系列婉转而又具体的比喻，如“始雷”比喻易代之变，“众蛰”“草木”比喻归顺新朝的臣民，“先巢”比喻田园故居等，使意境深邃，耐人回味，给读者留下充分的想象空间。此外，语言古朴平淡，不饰雕琢，却写得奇趣精彩，声情并茂。

青青河畔草

［汉］佚名

青青河畔草，郁郁[1]园中柳。
盈盈[2]楼上女，皎皎当窗牖[3]。
娥娥[4]红粉妆，纤纤出素手。
昔为倡家[5]女，今为荡子[6]妇。
荡子行不归，空床难独守。

---

①郁郁：茂盛的样子。

②盈盈：形容举止、仪态美好。

③皎皎：皎洁，洁白。牖（yǒu）：古建筑中室与堂之间的窗子。

④娥娥：形容女子姿容美好。《方言》："秦晋之间，美貌谓之娥。"

⑤倡家：古代指从事音乐歌舞的乐人。《说文》：“倡，乐也。”就是指歌舞伎。

⑥荡子：游子，辞家远出、羁旅忘返的男子。《列子》里说“有人去乡土游于四方而不归者，世谓之为狂荡之人也”可以为证。

赏析

《拟古》（其三）是借燕归旧巢，抒发恋旧之情以及隐逸的坚定决心。《青青河畔草》是代思妇设想的闺怨之作，在恋旧怀人这一点上是相同的。

《青青河畔草》写出了少妇渴望爱情、渴望夫妻相依相偎，甚至举案齐眉的平凡生活。诗的结构看似平直，却直中有婉，极自然中得虚实相映、正反相照之妙。诗境的中心楼头美人，草色柳烟，是她望中所见，但诗人——他可能是偶然望见美人的局外人，也可能就是那位远行的荡子——代她设想，则自然由远而近，从园外草色，收束到园内柳烟，更汇聚到一点，园中心那高高楼头。自然界的青春，为少妇的青春作陪衬；青草碧柳为艳艳红装陪衬，美到了极致。而唯其太美，所以篇末那突发的悲声才分外感人，也只是读诗至此，方能进一步悟到，开首那充满生命活力的草树，早已抹上了少妇那梦思般的哀愁。这也就是前人常说的《古诗十九首》之味外味。

诗的语言并不新奇，只是用了民歌中常用的叠词，而且一连用了六个，但是贴切而又生动，烘托刻画了楼上女尽善尽美的形象。六个叠词的音调也富于自然美、变化美，和谐动听。本诗入神地传达出了女主人公孤独而耀目的形象，寂寞而烦扰的心声，写出了女主人公的个性与典型意义。这是一位乐女，长年的歌笑生涯，对音乐的敏感，使她特别易于受到阳春美景中色彩与音响的撩拨。诗人在自然直率的描摹中，显示了从良乐家女的个性，也通过她显示出在游宦成风的汉末，一代中下层妇女的悲剧命运。

28. 拟古（其七）

日暮天无云，春风扇微和。

佳人美①清夜，达曙②酣且歌。

歌竟③长叹息，持此感人多。

皎皎云间月，灼灼叶中华④。

岂无一时好，不久当如何？

---

①美：爱。

②达曙：直到天亮。

③竟：完毕。

④灼（zhuó）灼：鲜明的样子。华：通“花”。

扫一扫，静静聆听

参考译文

日暮长天无纤云，春风微送气温和。

佳人喜爱清澄夜，到晓酒酣欢唱歌。

歌罢凄然长叹息，此情此景感伤多。

皎洁明月在云间，绿叶之中鲜艳花。

虽有一时风景好，好景不长当奈何！

赏 析

《拟古》（其七）是陶渊明的一首五言诗，拟的是古代那些表现“美人迟暮”的作品。诗人代佳人说出心中的苦悲，这里是以“佳人”之口自传心曲，益显意深情婉。本诗写佳人感叹花月，指出好景不长。写日暮景包含清夜，而“美清夜”又暗含日暮，清夜景又从诗的后半见出，用笔错落。这种写景抒情与一般的平叙是不同的。

日暮也好，清夜也好，景色的确很美。可是后边四句，乐极悲生。佳人在这良辰美景，想到自己的芳华能保持多久？芳颜清歌能否受人赏识？美景越是能给她留下好印象，越能反衬出她的惶恐、失意和焦虑。

这首诗也是一篇寓言体作品，诗中的“佳人”显现了诗人对人生的执着，而这美人迟暮之感正表现出诗人别有寄托。陶诗中写“佳人”的作品仅此一篇。

杂诗

[魏] 曹植

南国[①]有佳人，容华若桃李。
朝游江[②]北岸，夕宿潇湘沚[③]。
时俗薄朱颜[④]，谁为发皓齿[⑤]？
俯仰[⑥]岁将暮，荣耀难久恃。

①南国：南方。屈原《橘颂》："后皇嘉树，生南国兮。"

②江：长江。

③潇湘沚：湘水中的小洲。

④薄：鄙薄。朱颜：红颜，美色。

⑤发皓齿：言笑或歌唱。句意谓佳人不敢展示才华。

⑥俯仰：一俯一仰之间，形容时间短暂。

赏析

不少评论家认为，《拟古》（其七）是陶渊明仿拟曹植《杂诗》中的《南国有佳人》。

曹植（192—232），三国魏杰出诗人，字子建，沛国谯（今安徽亳州）人。曹操第三子，封陈思王。曹植自幼聪慧伶俐，才思敏捷，性格活泼，桀骜不驯。史载曹植在10岁时就能背诵数十万言的诗赋，而且写出了大量的诗歌和各种体裁的文章。

此诗与陶诗一样，都是以美女佳人为寄托，间接地、象征式地抒写其怀才不遇、抱负不得施展的悲哀。总的来说这首诗有三层意思——佳人自矜、自惜、自慨，正是诗人自我心路历程的真实写照。诗人怀抱奇才，却一直不受重用，直至老去，和佳人的遭遇相同。所以，诗人未登场，其激愤不平之情却见于言语之外。这就是“借佳人为喻以自伤”所达到的艺术效果。诗中“时俗薄朱颜”二句，文采斐然；不过大体说来，其艺术上的主要特色是简练峭直，语短情长，含蕴丰富，意境深邃，它虽然不像《美女篇》铺陈细致，辞藻华美，但也自具一种爽朗自然之美，经得起吟咏咀嚼。

29. 拟古（其八）

少时壮且厉[①]，抚剑独行游。

谁言行游近？张掖至幽州[②]。

饥食首阳薇[③]，渴饮易水流。

不见相知人，唯见古时丘[④]。

路边两高坟，伯牙与庄周[⑤]。

此士难再得，吾行欲何求！

---

①厉：猛烈，指意气风发。

②张掖：今甘肃西部。幽州：今河北东北部。这都是古时的边地。

③首阳：首阳山，《史记·伯夷列传》中写到的商代孤竹国君的两

个儿子伯夷、叔齐在商亡周立以后隐居的地方。薇：一种野菜。

④丘：坟墓。

⑤庄周：庄子，战国时宋国人，思想家。

扫一扫，静静聆听

参考译文

少时健壮性刚烈，持剑只身去远游。

谁讲此行游不远？我从张掖到幽州。

饥食野菜学夷叔，口渴便喝易水流。

不见心中知音者，但见古时荒墓丘。

路边两座高坟墓，乃葬伯牙与庄周。

贤士知音难再得，远游还想何所求？

赏析

诗人虚构了自己年轻时远游的故事，表现寻觅知音而不能得的痛苦。他的文字时古时今，时西时东，却都是围绕远游来写，并非漫无边际。诗以“行游”始，以“吾行”终，首尾呼应，不离开这个“行”。开头写出“行游”所到之地，中间写在“行游”中寻觅知音，最后写对“行游”的失望心情。前两层都写得含蓄，先流露诗人年轻时渴望戍边立功、报效国家的思想，再点出他所仰慕的伯夷、叔齐和荆轲。他内心感到极为痛苦，只有用沉默来表达对现实的反抗。俞伯牙和庄周都没有知音（据《淮南子·修务训》载，庄子把惠施看作知音，惠施死后庄子不再发议论），自己同他们一样，只好发出“此士难再得，吾行欲何求”的叹息。

这首诗有很浓的讽刺意味。“不见相知人，唯见古时丘”就是对世风衰败的辛辣讽刺。

饮酒（其二）

［晋］陶渊明

积善云有报[①]，夷叔[②]在西山。
善恶苟[③]不应，何事空立言[④]？
九十行带索[⑤]，饥寒况当年[⑥]。
不赖固穷节[⑦]，百世[⑧]当谁传！

①云有报：说是有报应，指善报。

②夷叔：伯夷、叔齐，商朝孤竹君的两个儿子。孤竹君死后，兄弟二人因都不肯继位为君而一起出逃。周灭商后，二人耻食周粟，隐于首阳山，采薇（野菜）而食，最后饿死。

③苟：如果。

④何事：为什么。立言：树立格言。《史记·伯夷列传》："或曰：'天道无亲，常与善人。'若伯夷、叔齐，可谓善人者非邪？积仁絜行如此而饿死！"

⑤九十行带索：《列子·天瑞》说隐士荣启期家贫，行年九十，以绳索为衣带，鼓琴而歌，能安贫自乐。

⑥况：甚，更加。当年：指壮年。

⑦固穷节：固守穷困的节操。

⑧百世：百代。

赏析

陶渊明在《拟古》（其八）中托言少时远游，表达对两类人的追慕。其中一类就是伯夷、叔齐。在《饮酒》（其二）里，诗人也写到了对伯夷、叔齐的追慕。

诗歌大意是，说积善会有好报，抱节守志的伯夷、叔齐却饿死于西山。假如不能够善有善报、恶有恶报，何以空谈"天道无亲，常与善人"？90岁的荣启期以绳索为衣带，饥寒交迫超过了他盛壮之年，他却以处常得终而快乐无忧。昔日，司马迁为

“天道无亲，常与善人”这句话“是邪非邪”而“甚惑焉”，如今，陶渊明却试图在这首诗中为司马迁解“惑”。

针对司马迁在《史记·伯夷列传》中那段非常精彩的“天问”，陶渊明用荣启期之著名的“三乐”（详见《列子·天瑞》）予以回答。荣启期的“三乐”是：一乐“吾得为人”；二乐“既得为男人”；三乐“吾既已行年九十”。荣启期认为，“贫者士之常也，死者人之终也。处常得终，当何忧哉？”

陶渊明的答案是：荣启期若不甘居贫困、不守气节，还有谁为他传播这百世英名！这与其说是陶渊明在为司马迁解“惑”，毋宁说是司马迁的“天问”更加坚定了陶渊明隐居“固穷”的信念。

30. 拟古（其九）

种桑长江边，三年望当采；
枝条始欲茂，忽值山河改。
柯[①]叶自摧折，根株浮沧海。
春蚕既无食，寒衣欲谁待！
本[②]不植高原，今日复何悔。

---

①柯：树枝。

②本：树根。

扫一扫，静静聆听

参考译文

种植桑树在江边，指望三年叶可采。

枝叶长出将茂盛，忽然遇到山河改。

树枝树叶被摧折，树干树根浮大海。

春蚕无叶不得食，无茧寒衣哪里来？

不把根植在高原，如今后悔亦无奈！

赏 析

本诗借对桑树的不幸表示同情，暗喻对东晋灭亡的惋惜。这首诗具有明显的政治寓意。诗人以桑喻晋，言晋恭帝为刘裕所立，犹如“种桑长江边”，植根不固，依非其人，最终是山河改变，自取灭亡。通篇用比喻，句句有寄托，这种写法在陶诗中别具一格。

这里的桑树是晋王室的象征。东晋最后一个皇帝恭帝被刘裕扶上位至被逼禅让，前后正好三年，陶渊明用开头两句概括了这段可悲的历史。诗歌对刘裕篡晋有明显的讥讽倾向，但选用词语很有分寸，如“始欲茂”“忽值”都是用的曲笔。当然，“山河改”的直接受害者是黎民百姓，人民寒衣无着，所以诗人表达了对人民的关心和同情。最后两句说出了晋亡的原因，感情沉重，寓意深刻。

从表面上看，这首诗咏物抒怀，实际上是政治诗，表明了诗人对晋宋易代这一政治事件的态度。但他不直接议论，而是用比喻的方式表达自己的寄托，颇能引人深思。

拟古（其四）

［晋］陶渊明

迢迢[①]百尺楼，分明望四荒[②]。
暮作归云宅，朝为飞鸟堂[③]。
山河满目中，平原独茫茫[④]。
古时功名士，慷慨争此场。
一旦百岁后，相与还北邙[⑤]。
松柏为人伐，高坟互低昂[⑥]。
颓基无遗主，游魂在何方[⑦]？
荣华诚足贵，亦复可怜伤！

---

①迢迢：远貌。

②四荒：四方极远之地。《尔雅·释地》："觚竹、北户、西王母、日下谓之四荒。"郭璞注："觚竹在北，北户在南，西王母在西，日下在东，皆四方昏荒之国。"

③暮作归云宅，朝为飞鸟堂：言所登之楼只有归云、飞鸟出入。

④山河满目中，平原独茫茫：意谓山河满目，而平原偏广大无边也。

⑤北邙：山名，在河南省洛阳市北。

⑥互低昂：相互错落有低有高。

⑦颓基无遗主，游魂在何方：意谓有坟基已颓者，而无后人修复，其游魂亦不知在何方矣。

赏析

在陶渊明的九首《拟古》诗中，大多数人认为第四首和第九首不单是一般的状物抒怀诗，还有着特定的政治内涵。

"迢迢百尺楼，分明望四荒。""迢迢""百尺"都是形容楼高，"四荒"，四外极远之地。"暮作归云宅，朝为飞鸟堂"这两句是说：这座楼傍晚有云彩飘入，早晨有飞鸟鸣聚。另一方面，是写此楼之废，只有云鸟栖息，而不见人踪。这几句写楼高、楼废，乃诗人兴感之由。“山河满目中，平原独茫茫”，所见远，所思广。“茫茫”，既见地域的广阔、思绪的浩茫，还表示平原上一无所有。这两句极具苍凉的情致，为登眺名句。

“古时功名士，慷慨争此场”以下就是慨叹了。“此场”即指所望中的山河、平野，古来有多少人在这里角逐啊，角逐之时又是那么激昂慷慨，似乎人生的一切追求莫大于斯。而“一旦百岁后，相与还北邙”。“北邙”，山名，在洛阳城北，东汉以来君臣多葬于此。这是说：这些“功名士”到头来一个接一个寿终正寝。从前面的“慷慨”到这里的“一旦”“相与”，见出命运的无情、功名近乎儿戏。身后情形又是怎样呢？“松柏为人伐，高坟互低昂。”坟上表示万古不凋的松柏也被人砍伐了，露出高高低低的坟头。“颓基无遗主，游魂在何方？”“遗主”，死者的后代。这两句说：倒塌的坟基也无人修理，死者的游魂在哪里呢？也就是说，连魂也找不到一处安身的地方。这些“功名士”身后未免太凄凉，不知他们功在哪里、名又在哪里。诗人最后说：

"荣华诚足贵，亦复可怜伤!""诚足贵"是揣摩生前"慷慨"时的心理，但看看死后的冷落，真正是"可怜伤"。"怜""伤"，同义反复，是加重感叹。

陶渊明在不少诗中都表达了"荣华难久居"的思想。否定功名富贵，就是对自己归田躬耕生活道路的肯定。这是陶诗的基本主题之一。其他诗多是运用自述的写法，从自己的素怀、从当前的生活，絮絮道来，心情显得比较平静；这首诗则是境界高远，感慨遥深。这与平素的"散缓"风格自是不同。前面写楼，已暗寓废替之叹；后面怀古，生前、死后的对照，死后的悲哀，着墨甚多；而慨叹的"功名士"又为争疆夺土之人。这些都表示：此诗不单是一般的"伤荣华不久"，还有着特定的政治内涵。论者谓为寄怆于"国运更革"、晋宋易代，这是很有可能的。

31. 始作镇军参军经曲阿作①

弱龄②寄事外，委怀③在琴书。
被褐④欣自得，屡空常晏如⑤。
时来苟冥会⑥，宛辔憩通衢⑦；
投策命晨装⑧，暂与园田疏。
眇眇⑨孤舟逝，绵绵归思纡⑩。
我行岂不遥，登降千里余。
目倦川涂异⑪，心念山泽居。
望云惭高鸟，临水愧游鱼。
真想初在襟⑫，谁谓形迹⑬拘？
聊且凭化迁⑭，终返班生庐⑮。

---

①镇军参军：镇军将军刘裕的参军。曲阿：今江苏丹阳市。

②弱龄：弱年，少年。

③委怀：安心。

④被（pī）褐：穿着麻布衣服。褐，古时贫苦人穿的粗毛或麻制的衣服。

⑤屡空：喻贫穷。晏如：平静、安乐的样子。

⑥苟：姑且，暂且。冥会：暗中迎合。

⑦宛：屈。辔：马缰绳，比喻受束缚。通衢：大道，比喻仕途。此句指委屈心志做官。

⑧投策：丢掉手杖。晨装：清晨收拾行装。

⑨眇：通“渺”，遥远。

⑩纡（yū）：萦绕。

⑪川涂：路途。

⑫真想：淳朴保真的思想。初：原，原本。襟：指胸怀。

⑬形迹：形体。

⑭化迁：指时运的自然变迁。

⑮班生庐：指隐居之所。东汉班固《通幽赋》：“里上仁之所庐。”意思是选择仁者的住所居住。班生，班固。

扫一扫，静静聆听

参考译文

年少寄情人事外，倾心只在琴与书。
身穿粗衣情自乐，经常贫困心安处。
机会来临且迎合，暂时栖身登仕途。
弃杖命人备行装，暂别田园相离去。
孤舟遥遥渐远逝，归思不绝绕心曲。
此番行程岂不远？艰难跋涉千里余。
异乡风景已看倦，一心思念园田居。
看云羞对高飞鸟，临河愧对水中鱼。
真朴之念在胸中，岂被人事所约束？
且顺自然任变化，终将返回隐居庐。

赏 析

这是陶渊明40岁时写的诗，当时他应召去做镇军将军刘裕的参军。但他仍处于出仕与退隐的矛盾中。这首抒情诗真实地反映了这种矛盾。

陶诗总的特点是亲切、平易。其述志诸作多如朋友相聚，一杯在手，话语便从肺腑间自然流出。初看似略不经意，细读却深有文理。这首诗便正是如此。

全诗抒情气氛浓郁。除开头四句叙事外，其余句句抒情。在抒情时，诗人往往能选择一些极富感情色彩的词语，如“时来苟冥会”的“苟”、“暂与园田疏”的“暂”、“眇眇孤舟逝”的“孤”、“我行岂不遥”的“岂”、“谁谓形迹拘”的“谁”等，都有加重语气的作用。至于“望云惭高鸟，临水愧游鱼”的“惭”“愧”二字，更使诗人的苦闷之情跃然纸上，读者似能听见诗人的心在哭泣。

这首诗层次非常清晰，吐露诗人赴任途中的内心感受和心理变化，既坦率，又细腻含蓄，确是诗人精心结撰的佳作。这可算是此诗的一个重要特点。

陶诗的遣词造句，常于平淡中见精彩。粗读一遍，不见新奇；细细品味，则颇有深意。如“时来苟冥会”一句，写诗人在应征入仕这样一种“时运”到来之际，既不趋前迎接，亦不有意回避，而是任其自然交会。一个“会”字，十分传神地表现了诗人委运乘化、不喜不惧的道家人生态度。又如“目倦川途异”一句，一个“异”字便涵盖了江南的山水之胜。从浔阳至曲阿，沿途既有长江大川，亦有清溪小流，既有飞峙江边的匡庐，亦有蜿蜒盘曲的钟山，可谓美不胜收。然而面对如此美景，酷爱大自然的诗人却感到“目倦”，使人奇怪。对景物之“目倦”，实际正反映了诗人对出仕之“心倦”。“倦”“异”二字，含义非常丰富。其他如“宛辔憩通衢”之“憩”字，“暂与园田疏”之“暂”字等，也都是传神之笔。

辛丑岁七月赴假还江陵夜行涂口[1]

[晋] 陶渊明

闲居三十载[2]，遂与尘事冥[3]。
诗书敦宿好[4]，林园无世情[5]。
如何舍此去[6]，遥遥至南荆[7]！
叩枻新秋月[8]，临流别友生[9]。
凉风起将夕[10]，夜景湛虚明[11]。
昭昭[12]天宇阔，皛皛川上平[13]。
怀役不遑寐[14]，中宵尚孤征[15]。
商歌非吾事[16]，依依在耦耕[17]。
投冠旋旧墟[18]，不为好爵萦[19]。
养真衡茅下[20]，庶[21]以善自名。

①辛丑：指晋安帝隆安五年（401）。赴假：赴准假之所，意即销假返任。江陵：当时的荆州镇地，是荆州刺史桓玄的驻所，在今湖北省江陵县。行：经过。涂口：地名，即今武汉市江夏区金口街，北宋前名涂口。

②闲居：闲散在家。三十载：诗人29岁开始出仕任江州祭酒，“三十载”是举其成数。一说“三十”，应作“三二”，三二得六，即闲居了六年。

③尘事：指世俗之事。冥：冥漠，隔绝。

④敦：厚。这里用作动词，即加厚，增加。宿（sù）好（hào）：昔日的爱好。宿，宿昔，平素。

⑤林园：一作“园林”。世情：世俗之情。

⑥如何：为何。舍此：指放弃田园生活。

⑦南荆：荆州治所在湖北江陵，江陵古属南方楚国之地，故西晋称荆州为南荆。东晋沿用此习称。《文选》作“西荆”。

⑧叩：敲，击。枻（yì）：船舷。《楚辞·九歌·湘君》：“佳耀兮兰枻。”王逸注：“枻，船旁板也。”新秋：孟秋，秋季的第一个月。

⑨临流：在水边。友生：朋友。生是对年轻读书人的称呼。《诗经·小雅·常棣》：“虽有兄弟，不如友生。”

⑩将夕：暮之将临。夕，傍晚。

⑪湛（zhàn）：澄清，清澈。虚明：空阔明亮。

⑫昭昭：光明，明亮的样子。

⑬皛（xiǎo）：洁白明亮的样子。川上：此指江面。

⑭怀役：犹言负役，身负行役。不遑：不暇，没有工夫。

⑮中宵：半夜。尚：犹，且。孤征：独自远行。

⑯商歌：指自荐求官。屈原《离骚》：‘宁戚之讴歌兮，齐桓闻以该辅。”王逸注：“该，备也。宁戚修德不用，退而商贾。宿齐东门外，桓公夜出，宁戚方饭牛，叩角而商歌，桓公闻之知其贤，举用为客卿，备辅佐也。”商，声调名，音悲凉。商歌非吾事，意谓像宁戚那样热心于求官，不是我所愿意做的事。

⑰依依：依恋、留恋的样子。耦（ǒu）耕：两人并肩而耕。这里指隐居躬耕。《论语·微子》：“长沮、桀溺耦而耕。”长沮、桀溺是两位隐士。

⑱投冠：抛弃官帽，即弃官。旋：返回。旧墟：这里指故乡旧居。

⑲好（hǎo）爵：指高官厚禄。南朝齐孔稚圭《北山移文》：“虽假容于江皋，乃缨情于好爵。”萦（yíng）：缠绕，束缚。

⑳养真：养性修真。衡茅：指简陋的住房。衡，通“横”，即“横木为门”。茅，茅屋。

㉑庶：庶几。有“差不多”之意，在古语中常含希望、企求的成分。这里就有希望的意思。

赏析

本诗是陶集中为数不多的行旅诗之一。题云

"赴假还江陵"，可见诗人正在桓玄处任僚佐。至于他担任何职、因何请假，这些都难以考证。桓玄是一个雄踞上游、时时觊觎着晋室政权的跋扈军阀。在诗人写这诗的次年，他便举兵东下建康，翌年废晋安帝自立，国号为楚。此诗从表面上看，似乎只是在表现一种"小雅""国风"中常见的行役告劳、厌弃仕途之感，但如果联想到陶渊明所处的环境，则诗中投冠还乡的意愿表现得如此明确而又坚决，自然应该视之为他已经对桓玄有了较清醒的认识，而急欲摆脱这个是非之所。这可从到隆安五年（401）冬天，陶渊明因母丧去职，从此和桓玄、江陵再也不相干这个事件上得到佐证。

此诗可分三段，开头六句为第一段，诗人借追念平生，写出自己的生活、情性；中间八句为第二段，写旅途夜行，也写内心所感；最后六句为第三段，写自己对未来人生道路的抉择，决心返归。全诗主要表现诗人对田园自由生活的依恋，和对世俗官场的厌倦。诗人用白描手法真切、生动地写出了江上夜行途中的所见、所遇，衬托着自己澄清静穆之心境。

32. 挽歌诗（其三）[①]

荒草何茫茫，白杨亦萧萧。
严霜九月中，送我出远郊。
四面无人居，高坟正嶕峣[②]。
马为仰天鸣，风为自萧条。
幽室[③]一以闭，千年不复朝[④]。
千年不复朝，贤达[⑤]无奈何。
向[⑥]来相送人，各自还其家。
亲戚或余悲，他人亦已[⑦]歌。
死去何所道，托体同山阿[⑧]。

---

①挽歌：哀悼死者时所唱的歌。这是陶渊明自拟的挽歌，是诗人留下的最后的作品，共三首，这是第三首。诸本作“拟挽歌辞”。

《文选》作“挽歌诗”，无“拟”字，今从之。李公焕本有“三首”字。

②嶕峣（jiāoyáo）：高耸突兀的样子。

③幽室：指墓穴。

④朝：天亮。

⑤贤达：贤士达人，指有才能、德行和声望的人。

⑥向：原来，当初。

⑦已：停止。

⑧托体：寄身。同：合。

扫一扫，静静聆听

参考译文

茫茫荒野草枯黄，萧瑟秋风抖白杨。
已是寒霜九月中，亲人送我远郊葬。
四周寂寞无人烟，坟墓高高甚凄凉。
马为仰天长悲鸣，风为萧瑟作哀响。
墓穴已闭成幽暗，永远不能见曙光。
永远不能见曙光，贤达同样此下场。
刚才送葬那些人，各自还家入其房。
亲戚或许还悲哀，他人早忘已欢唱。
死去还有何话讲，寄托此身在山冈。

赏 析

这首诗历来为人传诵。头四句写送葬途中的情形，渲染出荒凉悲哀的气氛。这种气氛的突出，不仅是因为诗中所写的景物，更得益于“何”“亦”

这样具有感情色彩的虚词；有了它们，情调自然不同，主观感情得以充分表现。接着四句写墓地的阴冷荒凉，悲哀之情进一步显现。“幽室一已闭，千年不复朝”可以说是人生最后的叹息，而这种结局是贤士达人也不能例外的，可见诗人对待死亡的态度何等冷静、何等理智。全诗最精彩的是结尾六句，诗人设想亲戚朋友送葬后的情形。诗人对自己的死有着十分旷达的态度：“死去何所道，托体同山阿。”这两句总领全篇，说的是生死、来去之理，点明了死的实质就是复归自然。挽歌通常是在人死了之后才唱的，陶渊明生前为自己写挽歌，可见诗人对死的认识已经从感性高度上升到了理性高度，有着唯物的思想因素，在当时道家追求炼丹成仙、佛教宣扬生死轮回、清谈家主张醉生梦死的氛围中，有着振聋发聩的进步意义。

挽歌诗（其二）

［晋］陶渊明

在昔无酒饮，今但湛空觞[①]。

春醪生浮蚁[②]，何时更能尝？

肴案盈我前[③]，亲旧哭我傍。

欲语口无音，欲视眼无光。

昔在高堂寝，今宿荒草乡[④]。

荒草无人眠，极视正茫茫。

一朝出门去[⑤]，归来良未央[⑥]。

---

①湛空觞：是说往日的空酒杯中，如今盛满了澄清的奠酒。

②春醪（láo）：春酒。浮蚁：酒面上的泡沫。《文选·张衡〈南都赋〉》："醪敷径寸，浮蚁若萍。"刘良注："酒膏径寸，布于酒上，

亦有浮蚁如水萍也。”

③肴（yáo）案：指摆在供桌上的盛满肉食的木盘。肴，荤菜。案，古代进食用的一种短脚木盘。盈：指摆满。

④荒草乡：指荒草丛生的坟地。

⑤出门去：指出殡。

⑥良未央：未有尽头，遥遥无期。良，确，诚。

赏析

《挽歌诗》的第二首是写出殡前的祭祀。诗人描述亲人的哀伤，自己虽因不能饮酒感到遗憾，但已为快离家园而有些黯然。第三首是写下葬的情形。诗人对下葬后的幽冥世界不猜测，认为贤达也不能逃避死亡。这与当时追求神仙得道的风气迥异。

魏晋南北朝文学是典型的乱世文学。诗人们既要适应战乱，又要适应改朝换代，一人前后属于两个朝代甚至三个朝代的情况很多见。敏感的诗人们在战乱中最容易感受人生的短促、生命的脆弱、命运的难卜、祸福的无常，以及个人的无能为力，从而形成文学的悲剧性基调，以及作为悲剧性基调之补偿的旷达，后者往往表现为及时行乐或沉迷声色。

生死主题主要是感慨人生的短促，死亡的不可避免，关于如何对待生、如何迎接死的思考。陶渊明所采取的是不以生死为念的顺应自然的态度。从陶诗看来，他不再是一个自叹生命短促的渺小的生灵，他具有与“大化”合一的身份和超越生死的眼光，因此他的这类诗歌便有了新的面貌。